U0666437

大鱼

有爱的青春陪伴者

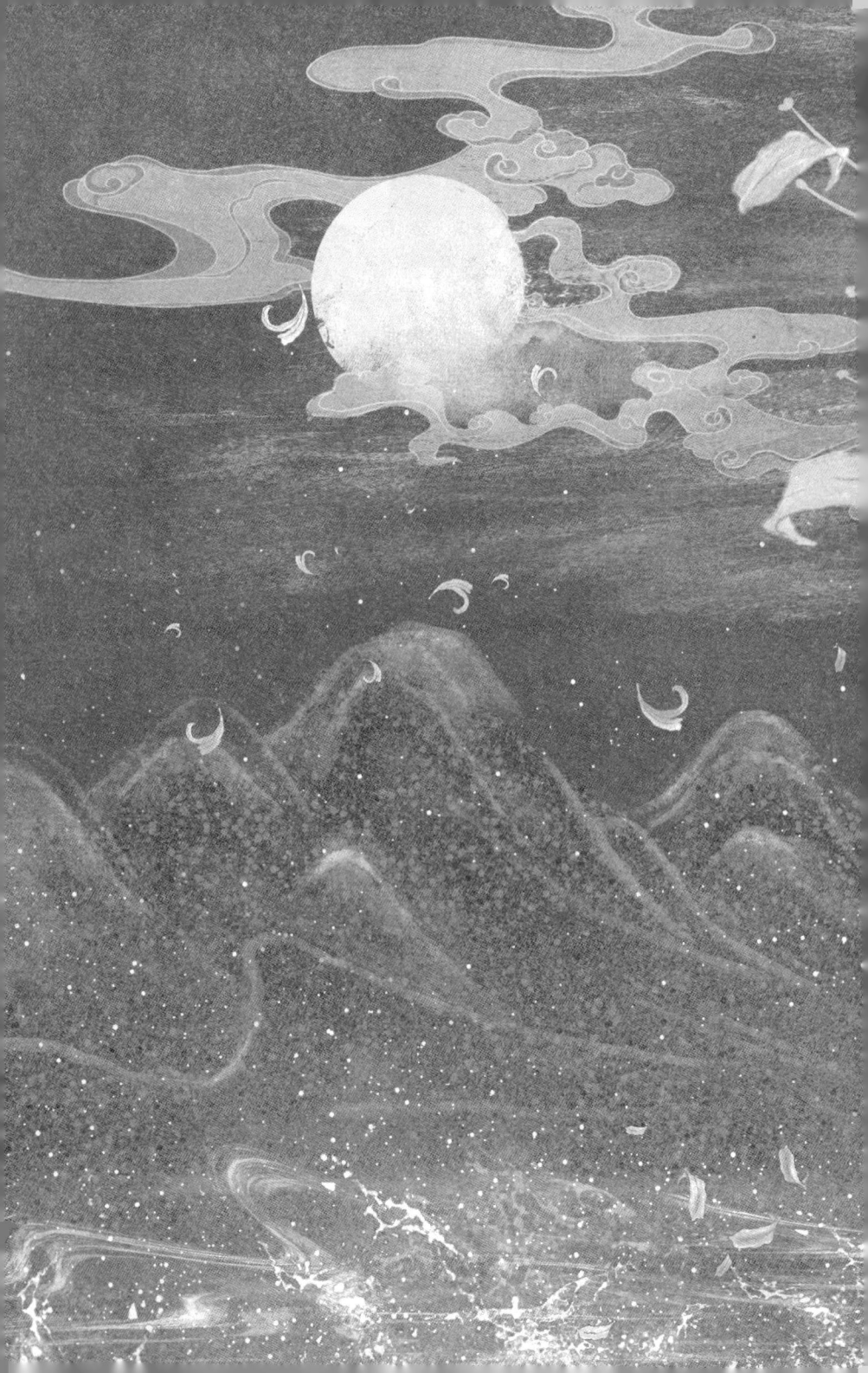

授他以柄

SHOU TA YI BING

周扶妖 著

天津出版传媒集团

天津人民出版社

图书在版编目（ＣＩＰ）数据

授他以柄 / 周扶妖著. -- 天津：天津人民出版社，
2023.2
ISBN 978-7-201-19101-0

Ⅰ.①授… Ⅱ.①周… Ⅲ.①长篇小说－中国－当代
Ⅳ.①I247.5

中国版本图书馆CIP数据核字(2022)第245751号

授他以柄
SHOU TA YI BING

周扶妖　著

出　　　版	天津人民出版社	
出 版 人	刘　　庆	
地　　　址	天津市和平区西康路35号康岳大厦	
邮政编码	300051	
邮购电话	（022）23332469	
电子信箱	reader@tjrmcbs.com	

责任编辑	玮丽斯		
特约编辑	欧雅婷		
装帧设计	刘　艳	孙欣瑞	

制版印刷	长沙鸿发印务实业有限公司
经　　销	新华书店
开　　本	880毫米×1230毫米　1/32
印　　张	8.5
字　　数	140千字
版次印次	2023年2月第1版　2023年2月第1次印刷
定　　价	39.80元

目
录
·
MULU

目
录
·
MULU

▼

/ 前尘篇 /

第一章 /
书信

寒夜子时，殿外还落着大雪。

寒宁宫里炭火熄了些，整个屋子都有些冷。深宫寂静，裴轻哄睡了榻上的孩子，看向刚刚走进来的婢女织岚。

女孩的手和脸冻得通红，发上还落着雪。

"娘娘。"织岚轻声唤她。

"外面冷，你先去烤烤火。"

织岚心里一暖，应道："是。"

裴轻替孩子掖好被角，看着熟睡的萧稷安，轻叹一口气，这才起身。

织岚烤暖了手，又仔细地将手炉添了炭，递给裴轻，说："娘娘怕冷，可别冻着。"

手再冷也冷不过心了。

裴轻问："信可送出去了？"

织岚点头说道："已找了信得过的公公，快马加鞭往南边去了。只是……娘娘，这信有用吗？"

裴轻摇摇头，说："不知道。"

她是真的不知道，可这也是她唯一能做的事了。

织岚将一件厚厚的披风盖在了裴轻的身上，然后安静地退了下去。她知道娘娘今夜又要这么坐一夜了。

织岚退下后，殿内就便更静了。裴轻坐在并不暖和的炭火前，听着外面呼啸的寒风，不知那封求救信到底能不能顺利送到那人手中。

她不曾想过会有这样·日——

住进姐姐的寒宁宫，抚养了姐姐的孩子，延续了裴家的荣耀。

皇帝萧敬是一国之君，普天之下，唯有裴轻可以唤他一声"姐夫"。

他也的确是个好姐夫。姐姐裴绾去世，后位空置了整整三年，即便他身子每况愈下，膝下独一个嫡子萧稷安，却还年幼。朝中大臣为了大统承继一事吵得不可开交，上书了一封又一封，他却始终不为所动。

　　直至父亲裴之衡提议，让裴家次女入宫，不能叫皇子如此年幼便没有母亲照料。裴轻是已故皇后裴绾的同胞妹妹，是最不会害萧稷安的人。

　　朝臣呵斥裴之衡是为了裴家的地位与荣耀，更是为了裴家那个私放印子钱还草菅人命下了大狱的不肖子裴城。打着照顾皇子的幌子，实则却是惦记着空置的后位，如此拙劣伎俩，陛下岂会纵容？

　　可萧敬却是一口答应了。裴绾在时，最疼的便是这个妹妹，她的孩子能由裴轻来抚养，是最放心的。

　　一道圣旨，裴轻便入了宫。

　　没人问过她愿不愿意，历朝皇后才能入主的寒宁宫是多少女子做梦都想要的，而她不费吹灰之力便得到了，顺带着，还有一个皇帝百般宠爱的皇嫡子养在身边，他日登基，等待裴轻和裴家的便是至尊无上的荣耀。

　　入宫后，皇帝的确待裴轻不错，甚至十分有礼。私下里听着裴轻唤他姐夫，与他细说裴绾幼时趣事，萧敬那张从来没什么表情的脸上有了淡淡笑意。

　　尽管那道入宫圣旨上只命裴轻抚养皇子，并未提及名分诸事，可宫里宫外无人敢小觑裴轻。

谁都清楚她住的是皇后正宫，谁都知道她身边养的是唯一的皇嫡子，连陛下也常往这寒宁宫来，与她相谈甚欢，甚至连带着裴氏一族也得到重用。

谣言渐渐传遍了宫里宫外，人人见到裴轻都恭敬地称上一声"娘娘"。

裴轻知道自己担不起这称呼，可她亦明白，宫中争斗不亚于朝堂，姐夫的默许和恩赐何尝不是在保全她。

入宫尚不足月，她就已见识了种种手段。直至代掌六宫的洛贵妃因暗中陷害被褫夺了封号，统摄之权被一道圣旨赐予裴轻时，后宫才真正安静下来。

陛下对裴轻的庇护，一如对当初的皇后裴绾。

于是，无人再敢造次。

世人眼红她命好，亦嫉妒她容貌。

却无人知镜子里映出那张倾城脸蛋，自入宫后便很少笑了。

她是命好，入宫不过一年，萧敬病重卧床不起。前朝后宫虎视眈眈，皇族萧氏宗亲众多，谁也不会服一个只有几岁的奶娃娃继承大统，更何况他还有个母族没什么势力的姨母。

宫外枕戈待旦，毫不避讳。

裴轻将萧稷安带在自己身边，片刻不敢分神。可她知道，一旦外面那群人攻进来，她是护不住这个孩子的。

她死了无所谓，但萧稷安一声声母亲这样叫她，她如何放得下，又怎能带着这个孩子去地下见姐姐？

没有朝臣愿意同她多说一句，亦没有嫔妃愿意跟她站在一处。就连裴家，那个曾经视她为至尊荣耀的娘家，也只龟缩不前，怕成为众矢之的。

这可真是命好啊！

裴轻写下那封求救信的时候，大概能知道看信之人面上会是何等的讥讽不屑。

如果他能收到信的话，或者，他收到了并也愿意打开看上一眼的话。

裴轻闭了闭眼，不去想那张恣意不羁的脸。她已做了最坏的打算，她对得起自己，也对得起姐姐了。

宫外的军鼓敲得一天比一天响。

除了每日去养居殿给萧敬请安和侍奉汤药，裴轻都带着萧稷安在寒宁宫看书习字。

织岚近日禀报的次数越来越多，起初是宫里的太监宫女夹带宫中珍宝私逃，裴轻没说什么，都是人，眼见着大难临头，谁又甘愿被牵连而死呢。

但这几日，织岚禀报的事不算小。皇帝虽不好色，但后宫妃位还是齐全的，有母族护着的都是奉了帖子来给裴轻，却也没问她这后宫掌权之人究竟允不允，便擅自将人接出宫了。裴轻拦不住也没打算拦。

只是那些娘家没什么人管的妃子，此番为了逃命，竟是与侍卫暗通款曲。秽乱宫闱又私自潜逃，这便是明摆着不将陛下放在眼里。裴轻虽知他们也是为了活命，但这事实在过分，她只得去问过萧敬再做处置。

午后哄着萧稷安午憩，裴轻叮嘱了织岚再加些炭火，叫她在一旁陪着皇子，免得他踢被子受凉。

织岚点点头，不放心地替裴轻拿来那件厚厚的披风，又送裴轻至寒宁宫门口，看着她独自踩着雪，朝着养居殿而去。风雪渐大，她却是连一乘轿辇都没有。

也是，宫里有门路的都快跑光了，谁还有心思来服侍这个母族无势，又非皇嫡子生母的“娘娘”呢。

裴轻行至养居殿时，天色有些昏暗，这是暴雪欲来的前兆。

"卑职见过娘娘！"守卫养居殿的禁军统领孟闯腰间别着刀，看见裴轻来了，上前行礼。

裴轻微微颔首："孟统领，陛下可醒着？"

孟闯点头："回禀娘娘，陛下刚刚差人拿了书卷，此时正在看书。"

裴轻了然，一步一步踩着台阶进了养居殿。里面是熟悉的药味，她往里走，便听见了几声咳嗽。

"姐夫。"她忙上前，倒了一杯热茶奉到萧敬手里。

他接过饮了一口，止住了咳，俊朗却苍白的脸浮上笑意，问："稷儿呢？"

裴轻一边将炭火炉往榻边拉了下，一边道："正在午憩，背了半日的书，傍晚又还要练武，他一沾枕便睡熟了。"

许是暖炉近了，又或是殿里多了个人，萧敬觉得不大冷了，他又喝了一口热茶，将茶盏还给她："我正有话要与你单独说，正巧你也来了。"

裴轻双手接过茶盏，听了这话不免有些惊讶。

"你先说吧，找我何事？"萧敬将方才拿在手里的书卷放在一旁，温和地看着她。

"是……渝妃与侍卫私通，卷带了宫中财物意欲从偏门私逃，叫禁军给拦下了。因着是宫闱之事，便先报到了我宫里。"

裴轻看了看萧敬，他果然没什么表情。她继续说："渝妃入宫已久，是陪在姐夫身边时日最长的，所以便先来问问姐夫的意思。"

萧敬笑了笑，见她一脸肃穆地进来，还以为是出了什么大事。夫妻本是同林鸟，大难临头各自飞。何况这渝妃算不得什么，逃便逃了。

"我要与你说的也是此事。"萧敬看着裴轻，"你在宫中撑了这么久，也到了该走的时候。"

裴轻原本低着头，听见这话猛然抬起头来。

"我的身子我知道，太医们也都尽力了。稷儿还小，若我死了，你们斗不过宫外那群人的。他们想这皇位已经想疯了，不会顾及什么嫡庶尊卑。趁我还活着，他们若攻进来，少不得还要来我这里逼迫一番，或是口谕或是遗诏，我总能多为你们拖上一些日子，叫他们无暇顾及旁的。"

裴轻听着这话，已经泪流满面，却不开口答应。

一旦离开这个皇宫，稷儿就不再是地位尊崇的皇子，一辈子都要东躲西藏，过不了一日安生日子。

"我把孟闯和他的那些心腹留给你们，待将你们送至平安地界，他们也会各自离开。"

听到这里，裴轻哽咽着反驳："姐夫这样安排，孟统领恐不会遵命。"

萧敬被逗笑："你倒清楚他那犟脾气。他跟了我这么多年，一路从长随小厮到禁军统领，吃了很多苦，却也有一身的本事。他年近三十还没娶妻生子，若是最后死在宫里，就是我的罪过了。你说是不是？"

裴轻眼泪不住地掉，却不肯应他。

"虎符已调不出兵马，朝臣忙着结党营私，宗亲忙着趁乱夺位。裴轻，我们已是绝境了。"

萧敬忽然又开始咳嗽不止，唇角甚至溢出了黑色的血。

裴轻忙用锦帕替他擦拭，慌乱间脱口而出："我写了求救信，姐夫，我给南川王写了求救信。他手里还有兵马，如果……如果……"

可她没有底气说出下面的话。信已送出去七日，石沉大海，毫无音信。

"南川王……"萧敬若有所思，"他那人，恐不会管这种闲事。"

裴轻垂眸，她又何尝不知。

忽然，外面传来孟闯的一声大吼，霎时火光滔天。

"闯宫杀人了！闯宫杀人——"外面公公的喊声戛然而止，紧接着，是振聋发聩的刀剑厮杀声。

裴轻是从养居殿的侧门跑出来的。

养居殿有孟闯等一众禁军在，萧敬尚有活路。可寒宁宫里，只有织岚和稷儿两人。她心里慌乱，脚下不稳，险些摔倒，可她不仅不愿慢下来，反而丢掉了素日里的端庄典雅，顺着那条僻静的小道跑了起来。

寒风和着雪吹在她脸上和颈间，宫墙之隔，那边的厮杀声叫人胆战。

她跑回寒宁宫时，织岚正紧紧护着萧稷安，而不满五岁的萧稷安手中，拿着一把木头做的剑。那是他平日里练武用的。大约是继承了姐姐和姐夫的天资，萧稷安比寻常孩子开蒙早上许多。

若母亲未亡，若父亲无病，凭他们二人的悉心教导，萧稷安一定会是个好皇帝。

裴轻无数次这么想过，可她也知道，如今能奢求的根本不是什么太子和大统，而是如何能救下这孩子一命。

"母亲！"宫内未燃灯，有些昏暗，可萧稷安还是一眼看到了跑得有些狼狈的裴轻。

他挣开织岚的手跑过去扑到了裴轻的怀里，说："母亲别怕，儿子守着母亲！"

裴轻被冷风吹干的眼眶再度湿了。

"娘娘，趁着敌军还未来，咱们得赶紧逃了！"织岚语气焦急。

裴轻点点头，可还未来得及说话，只听"啾"的一声，一支利箭从殿外射了进来，几乎是擦着裴轻的头发，一举扎进地上。

织岚吓得惊叫一声，而下一刻，宫外的兵马拥入，将三人牢牢围住。

殿外传来大笑的声音："那孩子果然在此！这刀剑无眼的，谁要是伤着小皇子，可是要挨罚的！"

裴轻紧紧将萧稷安护在怀里，连带着一把拉过织岚的手将她也护在身后。

迈着大步子踏入寒宁宫正殿的是萧氏宗室亲王萧裕的亲信。他的刀还滴着血，目光肆无忌惮地从萧稷安身上，慢慢从下至上挪到了裴轻的脸上。

大裴小裴两姐妹皆是出身不佳，却能先后入宫侍奉君侧，为何？还不是那张叫男人见了无不心生歹意的脸，还有那藏在冠服中的玲珑身段。

那赤裸裸的轻薄之意叫裴轻心寒，此时织岚从她身后冲了出来，死死地挡在她面前，斥道："尔等大胆！这是寒宁宫，是国母所居之所！娘娘和皇子在此，你们若敢轻举妄动，定要抄家灭族不得好死！"

萧稷安愣愣地仰头看着，从不知平日里总是轻声笑语哄着他的织岚姐姐，竟然会如此大声厉色地吼人。

只是一众官兵不是孩童，不会被区区宫女呵斥住，为首的男人甩了一把刀上的血，随后猛地举起："区区贱婢也敢置喙爷们儿的事！"

裴轻心里一抖，尖叫着去拉织岚。男人们的大笑和女子的哭求交织在一起，刀锋毫不犹豫地落下。

众人皆不信世间竟有如此主仆之情，裴轻护着皇子也就罢了，竟然还护着一个婢女。眼见着这一刀下去定然能砍掉裴轻一条胳膊，唏嘘之声渐起——

谁知殿中忽然"嘭"的一声，那把大刀摔了出去，而后一声闷哼，门口的男人庞大身躯轰然倒地。

一支利箭从他脑后射入，从眉心而出，锋利的箭尖还带着红的血……

裴轻胃中瞬时翻涌，却抢先一把捂住了萧稷安的眼睛。

黄昏之中，暴雪肆虐，寒宁宫正殿之外，那人放下了手中的弓弩。

天色太暗，裴轻看不清那人的脸，只知道他骑在高高的战马之上，身形挺拔，却也周身杀气。

是……是他吗？

可那人明明看见了寒宁宫中的娘娘和皇子，却如没看见一般不仅不下马，反倒懒懒地吐出两个字："拿下。"

听见声音，裴轻浑身一颤，可忽然又起的厮杀叫她顾不上这些。裕王的人一刻钟前还扬扬得意，现如今却是在这寒宁宫中身首异处。

两个女人和一个孩子缩在一角，直至整个殿中安静下来。

此时一个身量消瘦的男子将挂着血的刀往旁边一扔，这才大步走过来，说："寒宁宫歹人已尽数处置，娘娘和皇子无需害怕。"

"多……多谢。"织岚扶着裴轻起身，裴轻甚至理了裙摆，带着萧稷安和织岚对那男子行了礼。

那男子一愣，赶紧往后退了两步，说："娘娘切勿如此！"

裴轻柔声道："救命之恩，自当受得起。敢问阁下是……"

那男子抹了一把脸上的汗，朝裴轻拱手道："属下乃南川大营都统楚离，奉南川王之命特来护驾勤王！"

养居殿外，尸横遍野。

孟闯和一干禁军将士在如此暴雪中喘着粗气，衣衫尽湿，有血也有汗。若非南川大军来得及时，今夜他们恐被裕王和其他宗亲的兵马踩成肉泥了。

见前面来了人，孟闯擦了把脸上的汗，立刻起身，本想开口喊一句南川王，可看清了那人的样貌又没叫出口。

听闻南川王把持南川大营多年，手段毒辣，震慑南境已久，以至于南边只知南川王而不知皇帝。这般人物，又同是陛下宗室兄弟，从年岁上算，也该近不惑之年了。

怎么也不该是个看着还不到二十五的年轻男子啊。

且此人身量极高，身形健硕挺拔，腿长步子大，三两步就到了近前。见孟闯身上挂着禁军统领的令牌，却如此愣愣地望着他，男子一笑。

隔近了看，孟闯惊叹于此人的容貌。他肤色偏白，鼻梁高挺，一双丹凤眼眼梢吊着一股邪劲儿，薄唇殷红总带着笑意。

可骤见此人眸中一凛，眸色倏地深不见底，孟闯当即心颤了下："见……见过南川王。"

谁知这人竟是歪头冲他一笑，还在他肩上拍了拍："刀法不错。"

只是这随随便便一拍，于孟闯而言却像被千斤重的石头猛砸了下，肩膀瞬时酸痛不已，连拿着刀的手都开始发颤。

此人……孟闯回身看向那道背影。

他定是南川王，是个绝不简单的人物。

殿内，传来了萧敬的咳嗽声。地上跪着的三人被拇指粗的麻绳牢牢捆着，手被硬生生地折到了背后，折得变形，叫人哀号不已。

"哟，好热闹啊！"人影未现声先到，养居殿的大门被人从外面推开，一双黑色蟒纹战靴率先映入眼帘。

"你……你就是南川王？"跪在地上的裕王死死地盯着来者——就是这人在千钧一发之际毁了他所有的筹谋和盘算。

然来者看都没看他一眼，反倒是慵懒随意地朝着萧敬行了个礼："南川萧渊，特来救驾。"

他刀上的血滴了一路进来，血腥气浓重——这是大不敬之举，萧敬却淡然模样："有劳南川王。"

萧渊盯着病榻上的男人。他虽病得严重，苍白面色却掩不住俊朗，即便贼人杀到了门口，他仍泰若处之，面不改色。面对一个救他于危难之际的大功臣，也没有丝毫的卑躬屈膝。

这就是帝王之态？

嘁。

萧渊不屑地笑了笑，只是胸中怒火渐盛。他侧眸看向地上跪着的三人，幽幽道："裕王、允王，还有个大将军，逼宫谋反，臣弟便替堂兄都杀了如何？"

那三人忙哭喊着磕头求饶，众人皆知萧敬是明君，是仁君，不会这么狠心杀了自己的宗亲兄弟。

只是未待萧敬开口，萧渊便已抬了手，外面当即进来几个粗犷的军汉，大刀一挥就要行刑。

"啧。"萧渊拿刀尖指了指他们，"怎么如此不知礼数？在陛下面前杀人多不好看，去，拎到外面。"

"是！"

踏出门的下一刻，三人便血溅当场。

萧敬不住地咳嗽起来。那一声又一声的咳嗽落在萧渊耳中就是一遍又一遍的讽刺。

就为了这么个病秧子……

他倏地跨上龙榻将刀抵在了萧敬的脖子上，血瞬时染红了萧敬雪白的里衣。

两个男人离得极近，对峙着。

萧敬还是不怕，甚至都不慌。

"堂兄既然寿数不永，可写了遗诏？臣弟甚是好奇。"萧渊故作沉思，"是要传给那个一出生就没了娘的小皇子吗？啧，一个奶娃娃坐龙椅，坐得稳吗？"

同为男人，萧敬感受到一股强烈的敌意。这种敌意不同于那些觊觎皇位的敌意，而是对他这个人，对他萧敬的敌意。

颈间刀刃又往里了一分，萧敬终于蹙了眉，开口之言却是："多谢。"

"呵。"萧渊拿开了刀，"笃定我不稀罕什么皇位是吧。"

萧敬拿起榻边小桌上的帕子，擦着颈间的血。

"你想要皇位，等他们把我和皇子杀了，再来个拨乱反正岂不更名正言顺。"萧敬平静地看着他，"不要皇位，萧渊，你想要的是什么？"

萧渊盯着萧敬半晌，忽然觉得这人还挺有意思的。可不巧，他不喜欢有意思的人。

"就是无聊，练练身手罢了。不过到底也算是立了功。"萧渊随手把刀扔在一旁，弄脏了萧敬的被褥，"那些个金银财帛我多得是，堂兄可别赏这些。"

萧敬不说话，在等着他的下文。

萧渊一笑："不如就把你的女人送给我？"

寒宁宫内，裴轻哄睡了萧稷安，守在一旁安静地看着他。

原担心萧稷安受了惊，可未料他竟是握着她的手安慰她。孩子胆大，可裴轻却是后怕。

若南川军来得再晚一点，他们三人便是裕王一派的刀下亡魂了。

"娘娘。"

裴轻出神之际，织岚轻轻唤她："奴婢侍奉您梳洗吧。"

裴轻还是刚刚的样子，发丝凌乱，衣衫沾了血污。她很少这样狼狈，自入宫后她便恪守宫中规制礼仪，一举一动一言一行皆效仿姐姐的样子。因为姐姐从不出错。

织岚扶着裴轻去了里间，侍奉她褪去衣衫，散下长发。

"织岚，你可有伤着？"

织岚回想起裴轻扑到她身上的样子，不禁红了眼眶，她摇摇头："没有，奴婢好好的，一点也没伤着。"

裴轻点点头，沉默了会儿，又问："陛下那边，可还顺利？"

"娘娘放心，陛下一切安好。逼宫谋反之人已当场伏法，禁军伤损严重，现在宫内防卫已由南川军接管。"

织岚欲言又止："只是……"

"怎么？"

"娘娘，南川王也是宗亲皇脉，又手握重兵。眼下皇城已被他控制，陛下和皇子会不会有危险？"

裴轻轻叹口气，织岚待在她身边久了，便总能想到一处去。

她问："南川王可是在宫里住下了？"

织岚点头："住的还是东宫正殿，那……那可是储君该住的地方，是先帝封咱们陛下为太子时御赐的。"

可他一向是这样。喜欢的就要拿过来，不问任何人。

裴轻更了衣，又重新绾了发，还亲手画了远山黛，上了胭脂。

织岚不解，娘娘从不爱打扮，她甚至以为天生丽质的美人都是不会打扮的。此番粉了妆饰，当真美到令人心颤。

"织岚，你替我陪着稷儿。"

织岚一惊，问："这么晚了，娘娘要独自出去？"

"嗯。"裴轻短短应了一声，没有多说。

是她写信求他来的，今夜若不去找他，到了明日便是另一回事了。他若发怒，危险的便是陛下和孩子。

冷夜之中，裴轻一步步走着，想着，如今这算不算是搬起石头砸自己的脚？生死存亡之际她想到了他，危难过后，却又不禁防着他。

原本不算近的东宫，竟也这般快地到了，远远地便听到门口一帮军汉喝酒吵闹的声音。他们聊着南川美人，唱着南川歌谣。

楚离最先看见了她，一声"娘娘"，叫周遭立刻安静下来。

深更半夜，娘娘不带侍女，独身一人来这里作何？

一伙人你看看我，我看看你，在一片诡异的气氛中，看着如此貌美倾城的女子走进了王爷的寝殿。

身后楚离关上门的一刹那，裴轻听见了外面的惊叹和讥笑。深更半夜，她在众目睽睽之下进了一个男人的寝殿。

廉耻，端庄，在她踏入这里时便没有了。

她闭了闭眼，往里走去。

床榻边，一个极度俊美邪气的男子随意地靠在床栏，显然是刚沐浴过，只穿着黑绸里衣，没系带子，胸口大敞，露出里面结实的身材和狰狞的刀疤。

他手里正擦着一把刀，可血浸入刀身，根本擦不净。

骤然闻到了香味，萧渊侧过头来。

裴轻几乎是立刻别开了目光，看他认他，只一眼就够了。

可萧渊不是这样，他肆无忌惮地盯着裴轻，裴轻感受得到那目光的炙热和厌恶。

半晌，萧渊忽然一笑："娘娘来了也不说话，倒是叫臣惶恐了。"

他的声音没变，在寒宁宫时她便听出来了。只是他说话的调调变了，以往总是很高兴很爽快，现在却是充满了不屑和挑衅。

裴轻垂眸："我……来感谢南川王领兵护驾。"

萧渊继续擦着他的刀，像是根本没听见她的声音。

但裴轻知道他当然听得见，继续道："王爷顾念手足之情、叔侄之情，裴轻替陛下和稷儿谢过王爷。有……有王爷庇佑，定不会再有人逼宫谋反。"

她语气婉转，却又话里有话。谢他相救，却又疑他别有心思。

萧渊冷笑："怎么，娘娘信上的委屈哀求，百般应允，现在不作数了？"

见他起身，裴轻往后退了一步。

萧渊面色一冷，裴轻知道他要怒了，她拎了裙摆，跪了下去，声音有些发颤："只要王爷答应不伤害陛下和稷儿，信上一切自当作数。"

皇帝百般宠爱的女人，此时此刻就匍匐在他的脚边，颤动又无奈地求着他。

这感觉似乎不错。

萧渊舔舔唇角，拖着刀走到她面前，用刀身抬起了她的脸。果不其然，梨花带雨，温婉可怜。

刀尖随着男人的视线下滑，探入了她的领口，尖锐冰冷，令她一颤。

萧渊很有耐心地数了数，嗤笑一声。

"穿这么多，便是娘娘的诚意？"

萧渊的确是变了，裴轻想，他以往虽恣意不羁，却从不是下流之辈。

可眼下他凑到她面前，灼热的气息将她紧紧环绕，而那只手掐住了她的脸，肆无忌惮地摸着她白皙细腻的肌肤。

"娘娘为了那个小野种和病秧子，当真什么都能做吗？"

她早就在信里言明，他却故意要用这等难听的话问她。

"稷儿是我儿子，不是什么野种。陛下一国之君，亦是王爷的亲堂兄，望王爷嘴下留情。"

"呵，你儿子。"萧渊看着她略有不悦的脸蛋，"娘娘如此厉害，入宫不过一年多，倒是生出个快五岁的儿子。"

他看了眼她纤细的腰身，戏谑地问："不如娘娘也给臣生个五岁的儿子？我正好不喜欢婴孩啼哭吵闹，直接生个五岁的倒是免了这些麻烦。”

裴轻看他一眼，或许这人不是变了，而是疯了。

“至于你那个病秧子陛下，”男人的手指抚上她的唇，“我倒是挺好奇的，他病成那样，都是你伺候他？”

裴轻听不得旁人诋毁萧敬。

裴轻垂眸不语，惹来萧渊一句：“不说我就亲自去问那个病秧子，他要是也像你这般答不上来，我就割了他的舌头。你说他要是没了舌头，还能当皇帝吗？”

裴轻觉得他干得出来。

“王爷，这是私事，不说……也是情理之中吧。”她语气柔和，试图跟他讲道理。

“哦，私事。”萧渊站直了身子，居高临下地看着她，“他要是知道你来伺候别的男人，还想跟你做那些私事吗？”

裴轻明白他说的伺候是什么意思，跟生死比起来，她自己的清白和声誉真的不算什么。可人前人后，她都已入后宫，既已抚养皇子，便再无出宫婚嫁的可能。更何况萧敬赐她统摄六宫之权，默许宫中按皇后典例侍奉于她……于情于理，她都不能做出有损他颜面的事。

于是她低声委婉地求眼前的男人："能不能……等等？"

萧渊不应。

裴轻犹豫着，轻轻拉住了他衣襟一角，跪在地上仰头求他："我现在还不能……"

"娘娘这是在跟我谈条件？"

裴轻摇头，却又说不出什么。是她一时心急，在信上应允了太多，她说只要他能来，她愿意付出任何代价。

可仔细想想，她又有什么呢？

不过是姐夫赏赐的那些金银细软，那点东西根本入不了他的眼。不过她还有一条命，她明白他的厌恶与恨意，若能杀了她消气，他应该是愿意来一趟的。

至于伺候……裴轻以为，他没那个心思。他那般的天之骄子，不屑于碰一个已入了皇帝后宫侍奉君侧的女人。

萧渊低头看着脚边的女人，楚楚可怜又娇媚婉转，当真能勾得男人蠢蠢欲动。怪不得那个病秧子娶了大的又要小的，将两姐妹占为己有。

可如今呢，他萧敬的女人正在讨好他萧渊呢。

这么想着，他忽地一把攥住她的手腕将人拉了起来。

猝不及防地摔进那张床榻上时，裴轻惊讶的表情竟也那般灵动惊艳。

作为男人，萧渊很正常地起了歹心。

绾好的长发散落，几许发丝黏在了裴轻脸蛋上，像是在同她一起不知所措。

她有些害怕地望着萧渊。

而他只有一个字——

"脱。"

第二章 /
羞辱

他以前不是这样的。

曾经的他是恣意少年，潇洒却不风流，任凭勾栏院的行首们怎么调笑勾搭，他仍嬉笑着绕开，还要多上一句嘴："这大冷天的，姐姐们多穿点！"

但他也有过冲动。曾几何时的漆黑山洞里，那张俊逸的脸上泛着情欲，额上冒着薄汗，直白又隐忍地盯着她。可看她又惊又惧，他只得强忍着哄道："不怕，我不碰你。"

"真的？"她一动都不敢动。

看她吓得不行，他又忍不住逗她："也不一定。"

她泪眼汪汪的叫人心疼，他无奈道："要干点儿什么也得等成亲入洞房啊，这破烂地方，你想我还不想呢。"

梨花带雨的人儿破涕为笑。

裴轻知道，他终不是曾经的那个他了。

萧渊对她的眼泪视而不见，反倒是享受着她惊惧又无助的样子。

"自己脱，只我一人看。我帮你脱，总也要叫外面那群刚浴血奋战的弟兄一饱眼福。毕竟也是娘娘请他们来的，给点儿甜头不过分吧？"

这般狂悖羞辱的话，他竟能如此云淡风轻地笑着说出口。

今夜大约是逃不过了。

眼泪不住地落下来滴在床褥上，裴轻闭上了眼睛，手有些颤抖地拉开了系在腰上的带子。

外袍顺势落下，屋里的馨香更盛。萧渊敞着衣衫站在床前，一瞬不移地盯着她一件又一件地脱下衣裳。

裴轻一直低着头，直至白皙的香肩露出，身上只剩一层薄纱做的里衣。

骤然听见男子呼吸加重的声音，她不禁一抖，霎时不知所措，不敢再看他。

萧渊语气轻佻："继续。"

羞耻心作祟，裴轻实在不肯再脱。眼泪像下雨般浇湿了她的脸蛋，眼睫湿漉漉的，她跪在床上脸色发白，声音极度哽咽：

"求你……萧渊，求你。"

他沉默着，看她哭得伤心又羞愧。

"扫兴。"萧渊沉声，"滚下来。"

裴轻如临大赦般地想把衣袍穿回来，可手刚碰到，便感到他目光倏地凌厉，她手一抖，从衣服上拿开。

即便没脱完，可穿着这般透的里衣，一举一动尽数落在他眼里，跟裸身没什么区别。她下了床，有些畏缩地站在他面前。

萧渊不看她，只随意坐到了床沿，腿压在了她刚脱下的衣衫上。

"去弹琴。"

弹琴？裴轻暗自惊讶，不禁四处望望，想看这殿中是否真的有琴。

见她半晌不动，萧渊嗤笑一声："怎么，待在床上更好？"

裴轻忙走到一旁。这殿实在有些大了，她一边担心着床边的男人忽然反悔，一边又在找着琴。她当然想尽快找到，弹琴可比面对他容易多了。

只是她不知道，身后有道目光一直紧紧追随，伴着那道纤瘦还漫着淡淡香气的身影，从东边到西边，从殿中至殿外。

　　外面守着的楚离忽然看见屋里有人影走来走去，像是在找东西，于是扯着嗓子在外面喊了声："王爷，可是要找什么东西？属下给送进来！"

　　萧渊看见门口高大的黑影靠近，眸中一凛："滚！"

　　"哦。"楚离摸摸鼻子，又退回去。立时身边涌上一堆军汉，你一嘴我一嘴地猜着王爷是不是被皇后娘娘给训了，不然怎的还冲他们发了火？说到底还是南川好，谁也管不着，王爷每天吃喝玩乐心情多好。

　　楚离这种在军营里被骂惯了的人，早就习惯了自家主子的喜怒无常。

　　可那声"滚"却是吼得裴轻脚下一软，见他看过来，她忙小声说："找到了，琴找到了。"

　　萧渊不耐烦，倒是也没有吼："那还愣着做什么，等我把琴给你搬过来？"

　　天渐渐要亮了。

　　谁也不曾想这位后宫娘娘竟是来王爷殿中弹了一宿琴。弹得楚离等一干人是你看看我，我看看你，谁也不明白这究竟是个什么意思。

自然谁也不知，他们口中的娘娘是只穿着透得一清二楚的轻纱里衣，跪坐在他们的王爷面前，红着脸，含着泪，既畏惧又委屈地弹了这一宿曲子。

直至萧渊终于睡熟了，不再那般直勾勾地盯着她，也不再动不动让她谈些勾栏院常奏的曲子，只是安静地躺在床榻之上。裴轻缓缓抬了手，琴音停下来，他也没有醒。

她不敢靠近，只远远地坐在那里看着他。经历过一场血战，他早该累了吧。天亮才睡，就是为了等她来好好羞辱一番。还真是有仇必报。

只是他们之间却算不上仇，可究竟算什么，她也说不清楚。

裴轻起身，揉了揉跪得有些麻的腿，踌躇片刻，还是朝着床榻走了过去。她的衣衫还在他腿下压着呢。

慢慢走近，她也越发看清楚床上的男人。他还是很好看，甚至比以前还要好看，只是性子确是比以前粗暴了不知多少。

裴轻微微弯腰，轻轻从他腿下一点点扯出了自己的衣衫，然后抱到了屏风后，仔细地穿戴好。

她又轻轻走到镜前，用冷水洗漱一番，对着镜子绾好头发，恢复了原来的端庄模样。只是细看，也还能瞧见红红的眼眶和淡了许多的妆饰。

她刚打开门，楚离就立刻迎了上来。好在外面只有他一人，她才不至于太过难堪。她张张嘴，却不知说什么。

楚离倒是知意，也没多问，只道："属下送娘娘回宫。"

裴轻摇摇头："多谢，就不必麻烦了。"

若是叫人看见是南川王的部下清晨送她回寒宁宫，只怕是会更加流言纷纷。

楚离便看着裴轻一个人离开了东宫，他回过身来，进了萧渊的寝殿，一进去就看见主子坐在榻边一言不发。

"王爷？"楚离看他那样也不知是高兴还是不高兴，只得试探道，"咱用早膳不？"

萧渊抬头："叫人盯着寒宁宫，她每日去哪里做什么，都报给我。"

楚离点头："是。"说着又悄悄看萧渊一眼，凭男人的直觉，王爷这模样瞧着……像是没吃着。怪不得要发火，多半就是见色起意，打了什么歪主意，叫娘娘给训斥了。

那怎么还一个弹琴一个听曲子呢？

"你打算在这里待多久？"萧渊睨着出神的楚离，"还不出去？"

楚离身为忠心下属，秉着忠言逆耳利于行的道理，大着胆子劝道："王爷，这天底下美人多得是，虽然……虽然也不尽比得上……但人家已在皇帝陛下的后宫里，您虽护驾有功，也不好拿这事抢人吧。"

萧渊冷笑道："她本来就是我的。"

楚离悻悻地闭了嘴，心里却暗叹不愧是自家主子，抢女人都抢得如此理直气壮。

此时的裴轻回到了寒宁宫重新梳洗一番，带着萧稷安去养居殿问安。也不知织岚是怎么哄过孩子的，萧稷安竟什么也没问，倒叫裴轻松了口气。

只是一路上遇到巡防宫城的南川军，异样的目光落在裴轻身上，虽都只有一瞬，却还是被萧稷安捕捉到了。

侍卫暗自窥视可是大错，他们竟敢明知故犯，萧稷安疑惑地问："母亲，他们为何这般看我们？"

裴轻眸中闪过一丝慌乱，说："他们……是从未进过宫，从未见过宫里的人，才多看了一眼。"

萧稷安若有所思地点点头："他们护驾勤王，是忠诚的人，母亲不要怪他们无礼。"

裴轻点点头，牵着孩子的手，很快便到了养居殿。

养居殿的炭火很足。

裴轻亲自查看了四处的摆置，得知宫人们服侍得很好，这才放下心。她回过身来，萧稷安正在殿中站得笔直，一字一句地背着古籍词句。

作为唯一的皇子，萧稷安从不懈怠偷懒。即便叛军攻入皇宫险些要了他的性命，这孩子却还能如往常般早早起来，随她一起来养居殿请安。

此时萧敬咳嗽了两声，裴轻忙走过去，说道："陛下，汤药也不烫了，还是要趁热喝下才好。"

说着，她端了起来，想用汤匙喂萧敬喝药。一旁的萧稷安偷笑出声，萧敬也笑着摇摇头，对萧稷安说："稷儿，今日书背得很好。你先去殿外等候。"

萧稷安很爽快地点头，自己去了殿外。

"姐夫可是有话要说？"

萧敬接过了她手里的那碗药，尝了一口："还是这么苦。"

身为帝王，他一向是喜怒不形于色的，很少这般抱怨，抱怨的还是汤药苦。裴轻轻笑道："所以我才每日准备蜜饯，不过姐夫可是一块都没吃。"

一碗汤药见了底，萧敬还是没有吃蜜饯。

"蜜饯盖的是口中之苦，于心里的苦却是无用，若是有用，想来你也会吃吧？"他放下药碗。

这话让裴轻一愣。

萧敬看着她："南川王说想要你。"

他照旧面色温和，可裴轻却立刻跪在了他的面前，张了张口，又不知该说什么。是她写信求萧渊来的，她未经萧敬同意，在那封求救信上应允了太多，如今萧渊是名正言顺地讨要罢了。

"陛下恕罪，是……是我的错。"

"你何错之有？"萧敬朝她伸手。

裴轻看着那只好看的手，没敢触碰。

"错在不该写求救信让南川王击退叛军，还是错在拼死保护不是自己所生的孩子？"萧敬拍了拍榻边，"地上凉，坐这里来。"

见他没有真的动怒，裴轻这才起身，坐到了榻边。

"当初直接宣你进宫，没有问过你的意思，是朕的不对。"

听萧敬这么说，裴轻摇头，道："这事不怪姐夫。我是姐姐带大的，母亲早逝，父亲宠爱妾室所出的儿子，不曾管过我们一日。直至姐姐偶遇陛下，入宫做了皇后，我在家里的日子才好过了些。我……我曾与父亲争执，离家不归，姐姐怀着身孕又担忧着我的安危，神思郁结才……是我的错，当初知道能照顾姐姐的孩子，我心里是愿意的。"

萧敬从不知裴轻是这么想的。

初入宫时，他甚至觉得她是在有意学着裴绾的一言一行，想要获得他的宠爱。所以起初他来寒宁宫，只看稷儿，不同她多说什么。只是日子久了他才发现，裴轻对裴绾的感情和思念，丝毫不亚于他这做丈夫的。

萧敬叹了口气："你姐姐难产，太医说到底是因着身体底子不好。裴轻，你不能把所有罪责都揽到自己身上。"

见她仍旧自责，萧敬便不再提裴绾，只问："你当初进宫虽是自愿，却是舍弃了他对吗？"

这个"他"是谁，不言而喻。

眼泪终于滚落下来，裴轻拭去泪，始终没说什么。

萧敬服过药后要安睡一会儿，宫里多了南川军的护卫，显然是安全了不少。

裴轻久违地带着萧稷安在御花园里逛了许久。萧稷安午膳用得不多，裴轻知他是在屋里憋得久了，也顾不得冬日寒冷，叫御膳房将晚膳都摆置在了御花园的亭子中。

萧稷安果然吃得比中午多了些。

裴轻牵着他的手往回走，说："待外面太平了，母亲便带稷儿出宫去尝尝宫外的美食可好？"

萧稷安拉着她的手："那待我长大了，便是稷儿带父皇和母亲去尝遍天下美食！"

裴轻红了眼眶，微微点头："好。"

她带着萧稷安回到寒宁宫时，天已经黑了，逛了大半日，孩子也有些累。

只是未料刚踏入宫门，便看见织岚有些紧张地等在殿门口。见裴轻回来，她轻唤了声："娘娘。"

而织岚旁边，站着持刀守卫的楚离。

裴轻握着萧稷安的手紧了紧。楚离已经开口："娘娘，我们王爷已经等您多时了。"

这人来得毫无征兆，裴轻只得带着萧稷安进去。

萧渊正用萧敬赐给裴轻那套沉香雕玉盏饮着酒，萧稷安一进去立刻便看到了，说："你怎么能用我母亲最喜欢的玉盏！"

闻言，雅座上的男子那双丹凤眼扫了过来。

裴轻忙上前一步，挡在了萧稷安身前。

"王爷喜欢，便用吧。"说着，她低头教导，"稷儿，来者是客，不可无礼。"

萧渊虽是臣，却也是长辈，萧稷安该喊他一声皇叔的。

萧渊笑了，接着指尖一松，那昂贵的玉制酒盏嘭地砸在桌角，若非滚到了铺了松软毯子的地上，恐就是要摔得粉碎了。

"哦，来者是客？"男人站了起来，被裴轻护在身后的萧稷安才发现他有多高大。

他看起来很吓人，不像父亲身上帝王威严的吓人，而是传说故事中动辄杀人如麻的大魔头那般吓人。

坏人。萧稷安心中浮现出这样两个字。

萧渊走近，微微俯身凑到裴轻面前："臣倒是想领教下娘娘的待客之道。"

他口中的待客之道，自然是与常人的待客之道有所不同。

裴轻明白，但仍护在萧稷安身前，低声又恭顺："今日有些晚了，待……待明日再亲自拜访王爷。"

萧渊睨着裴轻，在这个便宜儿子面前，她倒是还想体面些地拒绝呢。

可惜，南川王是个粗野之人，玩不来宫里这套逢场作戏。他又坐回到雅座之上，故意踢开掉落在软毯上的那只玉盏："今夜我歇在这儿。"

裴轻倏地抬头，连同外面听见此话的织岚也是满脸震惊。

萧稷安年纪虽小，却也知道连父皇都不曾在此歇息过，旁人便更不可了。他敌视着萧渊："你不能睡在这里！"

萧渊不怒反笑："你敢不敢再说一遍？"

裴轻忙喝止萧稷安："稷儿，不得对皇叔无礼。"

随后，她看向萧渊："王爷心胸广阔，当不会同孩子计较。"

她语气温和，手里却紧紧握着萧稷安的小手，像是生怕他会对这屁大点的孩子做什么似的。

这副嘴上顺从实则不信的样子，让他厌恶至极。

也难怪。

裴轻就是这样的人，用得上时甜言蜜语地哄着他，用不上时便毫不留情地抛开他。

萧渊的视线从裴轻的手移到了她那张倾城绝色的脸蛋上："娘娘夜夜与不是自己所出的皇子同榻，倒是不怕天下人的闲言碎语。"

裴轻皱眉："他还小，宫里不太平，我才将他一直带在身边照顾。"

"现在我的南川军接管宫防，还有何处不太平？"

裴轻语塞。

南川军守备森严，她也是因此才敢带着孩子在御花园逛了一下午。

"但再小……"萧渊看向萧稷安，"也是个男的不是？"

按规制，皇子们满了三岁便不可与生母同榻，裴轻是实在不放心萧稷安不在自己身边，根本顾不上什么规制礼节。

见她还是犹豫不决，萧渊冷笑一声。

裴轻心头一颤，这才立刻唤了声："织岚。"

要不是被楚离拦着，织岚早就进来了，她不信天底下还有这般恣意妄为藐视皇威的臣子宗亲，竟敢提出宿在后宫内殿这种极度无礼的要求。

可一进来还未开口，只是与那男人对视了一眼，织岚便觉周身肃然冰冷发颤，那目光像毒蛇侵袭般叫人觉得心生寒意。

裴轻将萧稷安交到她手上，说："你陪着稷儿回他的旭阳宫吧。"

"娘娘……"织岚只敢看着裴轻，她欲言又止，在那个男人面前不敢多说什么。

裴轻自然看得出织岚的震惊，这样不体面的事，渐渐会有越来越多的人知道。那时候人人都知寒宁宫的这位娘娘平日里装得端庄高贵，实则却是水性杨花、不知羞耻。

萧稷安挣脱开织岚的手，说："母亲，我不走！我不让他欺负你！"

闻言，裴轻当即红了眼眶，她闭了闭眼，将泪忍回去："回你自己宫里去！"

萧稷安怔在原地，母亲从未这样厉色吼过他。

织岚这才顺利把他带走。

直至殿门关上，裴轻的眼泪才掉下来。

而不远处的男人支着下巴，百无聊赖地看完了母子情深的场面，嗤笑道："原来娘娘惯会给人做继母。可否与臣说说，你在那病秧子面前又是什么样，贤妃吗？"

裴轻低着头不应他。

萧渊起身，走到了她面前。

过于灼热的气息紧紧环绕，裴轻不自觉地想要后退一步，可此时腰上一紧，她惊呼一声，整个身子都被那只有力的手扣入他怀中。

萧渊低头，与她气息交缠："你怎么伺候他的，今夜便怎么伺候我。"

天色更黑了，外面寒风越发凛冽。

　　寒宁宫里却暖和得很，不仅暖和，甚至还有些热，热得叫人发汗。

　　裴轻站在冒着氤氲水汽的浴池旁，有些局促不安。她没有这般伺候过萧敬，他来宫里时，她也不过是陪着下下棋、说说话，到用膳时替他斟酒布菜罢了。

　　他脾气向来温和，虽有着帝王威严，手握天下江山，私下却从不会以此对她逾矩。

　　可眼前的男人不一样，他嘲讽、不屑，更不耐烦。

　　"你还要这样站多久？不会解衣裳？"

　　他皱着眉催了，裴轻这才有所动作。

　　纤纤玉手碰到了萧渊的腰间，他眸中倏地一暗。只是裴轻仍低着头，毫无察觉。

　　腰带倒是好解，只是领口至胸前的扣子却是令她解得有些吃力。瞧着也没什么不同，可她左解右解愣是解不开，她不由得凑近仔细地看，想看明白这衣裳究竟有什么古怪。

　　女子的香气就这么忽然靠近了，萧渊甚至能听见她轻轻的呼吸声。她的长摆衣袖边缘触到了他的指尖，竟一路痒到心里去。

　　下一刻，萧渊握住了裴轻的手。

　　她的手还是那么小，总是凉凉的，要用他的手才能焐热。

裴轻一愣，抬头看他。

四目相对的一刹那，萧渊怔了片刻，只是他立刻反应过来，眸中掩不住的厌恶，将裴轻的手握得生疼，粗鲁地教她解衣裳。

"这样，学会了没有？"

他松手时，女子原本白皙的手背多了好几道指痕。

裴轻点点头，沉默着继续替他脱下衣裳，他也不再说话，殿中极为安静。

裴轻脸红得能滴出血来，南川王才又开了口："娘娘可真会装。"

定然就是这副娇软羞涩的样子，才勾得萧敬自她入宫后，便不再去其他嫔妃宫中。嫡皇子给她养，万千赏赐任她挑，只差把天下一并奉上了。

男人泡在温热的水中，闭着眼睛什么也没说，裴轻却莫名地觉得周遭弥漫着一股怒气。

她想了想，许是伺候得不对？想定后，她慢慢靠近，试探着伸手。

萧渊在这一瞬间睁开眼睛。只是他没动，没露出任何异样，就这样背对着她。

那双有些凉的手，落到了他的肩膀上，力气不大，却又一下一下地按捏着。

身后传来柔柔的声音："听闻今日，王爷出宫绞杀了裕王一派的余孽。挥刀数次，想来身上会有些乏。"

她的手又慢慢挪到了他结实的臂膊上，认真又仔细地按捏着："我记得……是用热水沐浴，再辅以指法按捏，方可缓解次日身上的酸痛。"

这法子，是曾经那个每日上蹿下跳不消停的少年告诉她的。只是那时候的裴轻还不知道他也是皇室血脉，身份尊贵，更是自幼在军营里摸爬滚打出来的。

于是她抛下他时说了那些话——

"他是皇帝，是天底下最尊贵的男子，入了皇宫便是天下珍宝应有尽有。可同你一起就只有粗茶淡饭，还不如我在家里过得滋润。你一介匹夫，无权无势，凭什么叫我跟着你一起吃苦？"

裴轻仍记得那时他的不可置信。

就像后来她无意间知道，称霸南境的南川王根本不是什么老头子，而是一个名叫萧渊的俊美少年时，一样的不可置信。

又是无尽的沉默。

她那句"我记得"，到底是有意还是无意……是想拿旧情换得他的怜悯?

萧渊傲慢地勾起唇角,拨开了她的手。

裴轻不解地看着他。

烛光映照下,他的侧颜好看得让人挪不开眼,连同声音都如蛊般惑人心神:"去,叫楚离拿酒进来。"

身为心腹,楚离对于萧渊深夜要喝酒的要求习以为常,但也知道烈酒饮得太多,总还是伤身的。

"娘娘,我们王爷是不喝酒就睡不着的主儿,只是这酒烈,您还是劝他少喝些。"将酒递给裴轻时,楚离压低了声音。

他这番举动,倒是叫裴轻一怔。

楚离一笑,道:"王爷不听我们的劝,多说两句惹怒了他可没好果子吃。"

裴轻点点头,这个她倒是看出来了。有些人的怒得发作了才知道,可有些人的怒,却是无声无息地叫人双腿发软。

她轻轻关上门,拿着酒回了殿中。

里面的男人随意地穿了一件里衣,照旧是没系带子,衣衫松松垮垮地露出里面紧实好看的胸膛。

他坐在软榻上,手上正把玩着什么。

只是拿壶酒，她也能磨磨蹭蹭让他等着，萧渊不悦地看着她，问道："你跟他在外面说什么？"

不过两日，裴轻便有些习惯了他现在的脾气了。她抱着酒壶走过去放到榻边的小桌上，说："楚离说这酒烈，让我劝你少喝些。"

萧渊睨着她："娘娘还真是母仪天下，连一个小卒叫什么都知道。"

裴轻不明白他怎么又不高兴了，她蹲下身来，倒了一杯酒递给他，连带着目光落在了他手中之物上。

那是一个带着流苏穗子的赤色锦囊，比寻常锦囊小上许多，有些旧，但还带着同她身上一样的香味。

萧渊没接那杯酒，反倒是顺着她的目光也看向手里的东西，道："怎么，这东西是那病秧子赏你的？还藏于枕下，日日枕着看着。"

他语气满是不屑。但裴轻摇摇头，柔声说："这个……是姐姐在世时替我求的平安符，有它陪着，便会安心许多。"

萧渊又看了眼手上的平安符，说："就靠这东西保平安，能挡刀还是能挡枪？"

裴轻不在意他的轻蔑，见他还拿着，试探着问："王爷喜欢吗？若是喜欢，就送给你。"

"你要把这东西送我？"

裴轻点头，道："我日日都在宫里，横竖也不会有什么危险。但……你和南川军将士们打打杀杀的，或许带上这个平安符可保佑一二。"

她说得真切，像是真的在关心他。

萧渊一笑，自然，她现在可是有求于他。

"娘娘可真会盘算，随随便便把这破东西转手一送，就想叫我南川军去卖命。"

裴轻垂眸道："我不是这个意思。我……是真的感激你。"

萧渊把平安符放到酒壶旁边，靠近时闻到了裴轻发间的香味，又看向她手中的那杯酒。

"这酒端了半天，娘娘还在等什么？既是感激，也该有个感激的样子。"

裴轻抬眸，看清他眼里的戏谑。

她只好端着酒，白皙的手一点点靠近男人的唇边。

两人离得太近，裴轻可以清晰地闻到他沐浴后的清香，更可以感受到他身体的灼热和眸中的侵略之意……她不敢再与他对视。

可裴轻不知道的是，深更半夜与一个男人独处本就是危险至极的事。

萧渊从不委屈自己。

他的手已不知何时抚上了裴轻的纤腰，肆无忌惮地想要解开她的腰带。

裴轻一惊，手里的酒盏掉落，烈酒洒在了萧渊手上，溅湿了周围衣襟。

"对……对不起……"她不敢看他此时的样子，有些慌乱拿出锦帕要替他擦拭。

下一刻，男人的大手攥住了她的手腕，说："怎么，不是说要感激我，碰一下都不行？"

"不……不是……"她声音小得快要听不见。

萧渊毫不客气地掐住了裴轻的脸，迫使她抬头。

"那就用舌舔。"

第三章 /
甜头

这等过分的要求，让裴轻原本那颗感激的心瞬时凉透。

如此屈辱下作的事，裴轻自是不愿。

两人便这样僵持着。

萧渊喜欢看她誓死不屈的样子，不过又更喜欢看她无可奈何，最终不得不对他言听计从的样子。

曾经他有多呵护她、多捧着她，如今便有多想欺负她、糟践她。

"要么现在舔，要么把那个野种拎过来在旁边看着你舔，娘娘更喜欢哪种？"

裴轻眸中满是震惊，甚至气得身子都有些发抖。

"哟，又心疼了，娘娘这继母做得真是不错。想来为了这便宜儿子，也是什么都能做吧？没有他，你可就做不成太后了。啧，有点可惜。"

裴轻偏头躲开他的手，萧渊冷眼看着她。直至她沉默了片刻后一点点靠近，他这才满意地挑了挑眉。

她眼睫纤长，鼻头清秀小巧，而那张殷红的唇则看起来更加娇软诱人。

萧渊身体一僵，手上青筋绷得越发明显。

裴轻没觉出他的异样，鼻间闻到的是他沐浴后好闻的味道，舌头尝到的则是有些苦涩的酒味。她微微蹙眉，舌尖又苦又辣。

"别停，"头顶上方传来略沙哑的声音，"继续。"

还有酒渍，她自然知道不应该停。

"呃……"萧渊没忍住，低哼出声。

骤然一出声，裴轻赶紧抬头看他，一时怔住。他额上冒了薄汗，眸色幽深，眼睫像是漫上层水雾，那双丹凤眼正紧紧地盯着她。

她这副呆愣愣的样子，让萧渊很是头疼。

"说了让你继续，总停下做什么？"他面上隐忍，语气却是不耐烦。

裴轻这才回过神来，想快些结束这事。

可一低头便被惊住了，她不自觉地想往后退。

萧渊自然不许，他手疾眼快地一把攥住她的瘦肩将人箍住，说："躲什么？"

他低头看了眼自己，没觉得有什么不妥，如此这般若是还没反应，那才是不妥。

"既看见了，娘娘是打算坐视不理吗？"

裴轻还是想躲，萧渊倏地将她拉近，凑在她耳边说："娘娘若是一点甜头都不肯给，本王便只能即刻撤军回南川了。你说……蛰伏在宫外瞧动静的人，他们会做什么？"

裴轻不是不知道如今的形势。今日去养居殿，她不光知道了裕王一派的余孽被萧渊斩杀，还知道朝中重臣和其余宗亲借此为由，打着南川王挟持天子，他们要匡扶正义的幌子，在宫外大肆招兵买马。

若是萧渊走了……他们便可名正言顺地进宫，即便不敢逼宫篡位，也少不得是要让病重的陛下退位，将稷儿扶持为手无实权的傀儡皇帝。

而她这个碍眼的皇后，当然是做不成太后的，大约就是被留子去母的下场。

见她不再往后躲，萧渊松开了手。

至于自己能做些什么，裴轻还是知道的。

裴轻出身并不显赫，甚至出嫁前在裴家不受重视也吃了许多苦、遭了许多罪——谩骂冤枉、皮肉私刑的罪都尽数遭遇过。

母亲早逝，父亲偏心，姨娘蛮横，裴轻未曾哭过。因为她知道，或多或少，总还是有那么一两个人是疼她护她的。姐姐裴绾是一个，曾经的萧渊亦是一个。

而眼下他的眸中尽是玩味和羞辱。热热的眼泪一滴又一滴地落下来，却未换来一丝怜悯和退让。

等来的只有他一句不耐烦的命令："楚离，把那个野种给我从旭阳宫拎过来！"

门外的楚离本以为今晚已经没他什么事了，忽然被吼得一哆嗦，忙应着："是是，王爷！"

"不！"里面传来女子带着哭腔的声音。

楚离脚下一顿，娘娘哭了？

他把耳朵凑到门上又听了下，里面的裴轻说："王爷说笑的，就不劳烦都统了。"

楚离等了片刻，王爷没什么动静，那该是不必再去旭阳宫了。

楚离抱着剑在门外歪着脑袋琢磨，明日得跟王爷说说，自古祸从口出，他老管小皇子叫野种可实在是不妥。

殿内软榻边，萧渊修长的手指勾玩着裴轻的一缕长发，看着她脸蛋上还挂着泪，眸中百般委屈。

不过是叫她将他手上酒渍舔净，更过分的要求都还未提，她便是这样一副泪汪汪活像受了屈辱一般的模样，看得男人怒气更盛。那眼泪掉个不停，连舌尖都颤着，偏又勾得他心痒难耐。

女子身上的香气很好闻，闻得久了竟莫名压制了本已渐盛的怒火。

"好了。"她抬起头来，唇瓣还沾着酒渍，有些畏惧地望着他，像是生怕他再提什么过分的要求。

萧渊想，他就该把这双勾人的眼睛给蒙上，或者干脆挖出来，省得她眼睛眨巴两下，掉两滴眼泪装出一副可怜劲儿看着心烦得很。

见萧渊没说话，却也没拦着，裴轻才立即起身去了屏风后清理。

但夜还很长，萧渊还想再做些什么。

他从来不是什么正人君子，更不是什么好臣弟。规矩礼法在他眼里抵不过温香软玉的销魂滋味，更何况她本就该是他萧渊的人。

是她在信上说什么都能答应，他又何必客气？

裴轻不愿，左不过就是替那个病秧子顾及面子，所以让他再等等。

萧渊起身，凭什么让他等？为了救她那个手无缚鸡之力的软弱皇帝，他放着南川的舒爽日子不过，跑到这儿来腹背受敌，连个小孩都敢给他脸色看。

越想，戾气便越重。他就是要她哭喊求饶，越大声越好，最好传到养居殿让那个快要死了的男人好好听听。

只是临到屏风前，萧渊脚下一顿。没有水声，甚至没有一丝水汽。从里面传来的，只有极为细小的呜咽哭声。若不仔细看，当不会看见屏风上映出了小小一团身影。

即便没有走进去，他也知道她是如何缩在屏风后，捂着嘴偷偷哭的。

一如初见时那般，受了委屈的离家少女一个人缩在墙角哭，正碰上从天而降受了重伤的少年，少年还捂着伤吐着血问她怎么了，生怕她就这么哭死了。

拳头紧紧地攥着，又松开。

殿中烛光暗了些，映不出此时他面上的表情。

裴轻不知屏风外有人靠近又离开，她不知自己有什么好哭的，亦不能哭得太久怕他等得不耐。她简单地清洗了自己，重换了衣衫，安静地走了出来。

她没有靠近，只站在屏风旁怯怯地看着躺在她床榻上的男子。今夜还未过去，不知他还会叫她做什么事。

可等了许久，也没等来他的吩咐。裴轻觉得他应该是睡熟了，她左右看看，目光落到了平日织岚会睡的一张小榻上。

她脚步极轻地走过去，又看了眼男人，见他没什么动静，这才在小榻上躺了下来，身上盖了被子立刻觉得暖和了许多。

不久，小榻上便传来了均匀的呼吸声。萧渊睁眼，看见小榻上鼓起的一团，还有露在外面那颗圆圆的脑袋和垂顺的长发。

说哭就哭说睡就睡，让人厌烦得紧。

下一刻，殿里烛光熄灭，夜彻底静了下来。

清晨，寒宁宫里飘出阵阵香味。

楚离站在一旁，看着萧渊黑着一张脸，试探地问："王爷，是不是今儿个这早膳不合口味？"

萧渊睨他一眼，问："她人呢？"

"娘娘一早便起了,先去了旭阳宫看小皇子,又去了养居殿,应该是侍奉汤药。"

话音刚落,就见萧渊脸色更难看了。

楚离默默往后退了两步,瞧这样子,像是又没吃人啊。楚离回想到昨晚娘娘的哭声,暗自有了定论——一定是王爷软招不行便要硬来,强行宿在这里不说,兴许还拿小皇子威胁人了。

啧啧,王爷在南川的时候可不止说过一次,什么姑娘家都是用来疼的,用强那等子下作手段都是没能耐的男人才使的。可这一瞧见绝世美人,是道理也不讲了,你情我愿也不管了,怜香惜玉更是抛诸脑后,城外都火烧眉毛了,他还在这儿跟陛下抢女人。

"你杵在那儿干什么,还不过来说军情?"萧渊眼都没抬就知道楚离心里在琢磨什么,"城外什么情况?"

说到正事,楚离也肃了神情,上前回禀:"王爷,城外已陆续集结了各路兵马。咱们派出去打探的弟兄报,光是京郊大营鲁国公手下便有二十万大军,鲁国公本是两不相帮,但不知为何近日同把持麓安军的曹瑞吉来往多了起来。"

"曹胖子是允王的人,他不敢跟着允王逼宫,现在允王死了他倒是站出来了。不就打量着允王还有个儿子,撑一撑也够得上那把龙椅嘛。"

楚离说："那他就是想拉拢鲁国公一同扶持允王的儿子？这可不妙啊，麓安军虽离得远，可一旦跟鲁国公的兵马会合，那可就是整整五十万大军，比咱们南川军可多了快一半啊。"

萧渊一笑，问："怕了？"

楚离想都没想就摇头道："那倒没有，咱就是再艰难的仗也打过，那鲁国公都五十好几了，能挥几刀还说不准呢。不过比较棘手的是……除了鲁国公和曹瑞吉，还有那帮老臣，管粮库的管军械的，还有管火防的，若是他们都站在了咱们敌对面，宫内弹尽粮绝，只怕用不上他们进宫，耗都能把咱们耗死。"

萧渊起身，问："禁军还剩多少人？"

"孟统领说能战的还有八千。王爷是要叫孟统领过来商议？"楚离跟着萧渊走出寒宁宫的大殿，停在了被雪压满枝丫的大树下。

萧渊看着树上厚厚的雪，有时簌簌落下，被风吹散时晶莹又漂亮，衬得寒宁宫更加平静温馨。

"不必商议，叫孟闯布防。"

楚离惊道："王爷是打算……"

萧渊云淡风轻道："你告诉他，城外一战用不上禁军，即便天塌了也不必开门。但若是八千人还守不住皇宫，别怪本王宰了他一家老小。"

楚离明白了他的意思，站在原地静默片刻，最终只得点头应是。他们的主子，他们的王爷，是天底下最杀伐果断、最敢豁出去的人。

此时的养居殿内，裴轻侍奉完汤药，看着萧敬欲言又止。

萧敬虽面色苍白，却尽可能不露半点虚弱之态，依旧笑得温和："可是有话要说？"

裴轻问："姐夫，可是殿内炭火不足？为何这两日总是穿着两件里衣？"且外面这件衣领略高，她以前从未见他这么穿过。

如今门外守着的都是南川军将士，应该也不懂侍奉之道。经年在陛下身边伺候的公公年迈，不是大事，萧敬都不会叫他来。这点裴轻知道。

萧敬只是淡淡地拢了拢里衣，说了句"无事"，裴轻反而觉得有些奇怪。

见她盯得紧，也不离开，萧敬无奈地笑了笑："好了，不过是颈间有些发红疼痒，已上了药，你就不必操心了。"

"怎么会忽然发红疼痒？"裴轻紧张地看向小桌上已经空了的药碗，"难道是药有问题？不会啊，这药是我看着人煎的。

我再去查看一番。"

她说着便要起身，萧敬立刻拉住了她，说："裴轻，不必去。"

"为什——"她正要争辩，忽然看见有些敞开的衣领里的红痕，她一怔，"这是……这是刀口？"

萧敬并未说话，他自然知道任是如何疼痒，也是挠不出这样的口子。他平静地拢好衣领："叛乱之人胆大包天，没什么做不出的。"

裴轻垂眸："裕王、允王还有那个一同逼宫的将军，是被捆着带进陛下寝殿的，如何能伤到陛下。"

她已知道是谁。归根到底，是她将人请来的，只是她没想到南川王真如传言般肆无忌惮，却也不明白萧渊到底想做什么，他能杀了萧敬却没有，可为什么又要伤萧敬？

裴轻亲手替萧敬换了药，一句接一句的对不起，让萧敬无奈却又笑着摸了摸她的头。

从养居殿出来，已将近午时了，她刚回到寒宁宫，便听见里面传来织岚的哭求声："求王爷开恩！求王爷手下留情！"

裴轻心中一惊，忙跑了进去。

院子的雪地中，萧稷安小小的身子跌坐在地上，面前高大的男子手上正拿着一把尖锐无比的匕首。

"稷儿!"裴轻忙跑了进去,一把抱起萧稷安,将他护在身后。

萧渊看着她一副又惊又惧又防备的样子,怒火噌地冒到头顶:"让开。"

昨晚之事对她而言难以启齿,裴轻今晨起的时候生怕惊醒榻上的男人,她不知该如何面对他。但眼下看萧渊拿着尖锐的匕首对着孩子,羞涩脸红统统被抛诸脑后,裴轻不肯退让半分,庭院里开始落雪,院中两人就这么僵持着。

"是你儿子要捅我,皇子犯法与庶民同罪,娘娘还想包庇不成?"

"什么?"裴轻闻言,低头看萧稷安。

萧稷安眼神没有半分闪躲,他握着裴轻的手,仰头直视着眼前高大的男人:"就是你欺负我母亲,她今早来看我时眼睛又红又肿,分明是哭过了!我父皇都不曾让我母亲哭过!"

提起萧敬,萧渊冷哼,居高临下地看着他:"你要为你母亲出气,躲在她身后算什么?有本事你就捅,但你要是伤不到本王,别怪我把你宰成十八块给你那病秧子父皇当药引子。"

身后织岚吓得不轻，忙朝裴轻递眼色。

裴轻听了一大一小两人所言，也猜出今日是怎么回事。她敛了刚才的肃穆之色，试图缓和几分剑拔弩张的气氛。

见萧稷安还欲张口顶撞，她赶紧问："稷儿，今日的书可温完了？"

裴轻发问，萧稷安立刻回答："还未。"

萧渊把玩着匕首，面无表情地睨着她，看她打算如何收场。

只见裴轻故作严厉道："你从不懈怠一日，今日事今日毕，待书温完了再过来。"

萧稷安看了眼萧渊，只是还未反驳，便被裴轻摸了摸头："在宫中哪有旁人敢欺负母亲？不过是昨日睡得晚些，是稷儿误会皇叔了。"

"真的？"他问。

裴轻笑着点头："织岚，你陪着稷儿回旭阳宫温书。"

"是。"织岚快步过来牵起萧稷安的手往外走，不敢有片刻犹豫，像是生怕院中有人反悔一般。

待看见两人出了寒宁宫，裴轻这才看向萧渊，准确地说，是看向他手上的匕首："这东西危险，还是不要拿着了吧？"

说着她上前欲接过匕首，却没想萧渊握住了她的手腕，直接将人拽进了殿内。匕首"当啷"一声摔在裴轻脚边，她吓得后退两步，哪里还有半分刚才要同他拼命的架势？

"怎么，娘娘打算这事就这么算了？"

裴轻摇头："自然不是，此事是稷儿的不对，你……没伤着吧？"

萧渊以为她要说"孩子还小，不要同孩子计较"，却没想她会问出这话，原本窜到头顶的怒火一下矮了下去，他看着她那关心的模样，没看出她葫芦里卖的什么药。

见他一言不发，裴轻怔了怔，开始打量他，莫不是他没有防备，真被稷儿的匕首划着哪里了？

"你看哪儿呢？"他走近，"堂堂皇后窥视臣下，这又是个什么道理？"

裴轻忙抬头，解释道："没有，我没有，我是看你有没有被划伤。稷儿很小就开蒙，读书习武都很刻苦用功的。"

"喊。"萧渊不屑，"他那也叫武？跟着宫里的师父能学出个什么来。基本功都没练扎实就使兵器，打量着上战场就叫人砍死是吧。"

裴轻不懂武，萧渊这话说得吓人，她轻轻扯住他的袖子，说："你不要生气了好不好？"

萧渊低头看着那只扯住他衣袖的手，白皙嫩滑，视线渐渐往上，扫过她的腰，滑向裸露在外的锁骨和脖颈，最后落在了那张殷红的唇上。

他的视线直白又炙热，饱含另类意味的目光连裴轻都感觉到了，她面色发红，松开了他的袖子。

萧渊立刻沉了脸。

那股无名的怒气立刻遍布整个寝殿，裴轻生怕他一个不高兴便要去旭阳宫刁难孩子，她思索再三，虽松开了袖子，但转而握住了男人的手。

冰冰凉凉的触感覆上来，刚好适合熄火。

裴轻指了指楚离一大早送来的那些策论和军务书册："我替你研墨吧，我很会研墨的。"

萧渊任由她拉着，坐到了桌前。她贴心地将书册摊开放到他面前，他闻见了女子发丝的香味。

裴轻将笔沾了墨递给他，声音温柔："楚都统说都是城内火防、瞭台的记载，有些多，若要布防，便需尽快看完和下令。"

萧渊看着塞到手上的笔："你敢奴役我？"

裴轻哑然："那……便不看了吧。"

男人俊眉蹙起："去倒杯茶来。"

"好。"

裴轻起身，去取了最珍贵的那套玉盏来，茶香掩了她身上的馨香，这才叫萧渊能静下心来看书册。旁边的人也安静，一会儿研墨，一会儿倒茶，离开片刻的工夫，竟还做来了一碟甜软糕点。

南川王被伺候得舒舒服服，可舒服了片刻又冷哼："那个病秧子把你弄进宫就是伺候人的吧，婢女们做的事你倒是如此顺手。"

裴轻不明白他看军务看得好好的，怎么又忽然提起陛下了，她沉默不语。

萧渊亦不再说话，这般喜怒无常叫人猜不透，裴轻只好走到床榻边坐下，离他远些。

萧渊觉得有道视线一直黏在自己身上，他冷傲地抬眸，大大方方地与她对视。床榻边的女子却是欲言又止，可忍了忍，还是没忍住。

"那个……昨晚放在榻边的平安符，好像不见了。"

男人一噎，把笔往旁边啪地一放，说："你什么意思，又要收回去？"

裴轻看他那眼神，也明白这平安符去哪儿了，她昨晚的确说了要送他，可他一脸的嫌弃，她便以为他肯定不会要的。

只要不是丢了就好。

想到这里，裴轻笑了："晚膳想吃什么，我先去准备。"

那笑漾人心神，勾得人蠢蠢欲动。可她笑的样子有多勾人，哭的样子便有多叫人心烦。

萧渊别开视线："随便。"

晚膳时分，养居殿内膳食的香味掩盖白日里的药味。

"陛下，这是娘娘特意吩咐要做的山药软泥羹，听闻您近日总是口中发苦，娘娘还叮嘱了御厨添了些许食蜜，做得甜些，好开胃呢。"

公公将精心烹制的膳食一一摆好，光是样数和食材便知是费了不少心思的。

"娘娘这几日都不曾来陪着陛下用晚膳，陛下可要传召？"公公见萧敬一人用膳，多嘴问了一句。

萧敬尝了一口山药羹，果然微甜又爽口，解了连日来饮药留下的涩苦之味。

见萧敬笑了却没有发话，公公忍不住道："陛下，那位南川王……可实在是不像话。不仅光明正大地赖在娘娘殿中，还……还险些伤了小皇子。"

今日之事已有人禀报于萧敬，他一口一口地喝着羹，直至白瓷碗见了底。

"稷儿还在旭阳宫温书吗？"

见他总算说话，公公忙躬身："并未。娘娘方才差人去了旭阳宫，唤了小殿下一同到寒宁宫用晚膳，眼下应该快到了。容奴才多言，只怕见着那暴脾气的南川王，小殿下是又要受委屈了。"

可如今形势，明眼人不会看不明白。任是谁，此时此刻也不得不百般容忍着南川王，有他的南川军在一日，宫里的人才可多活一日。公公自知今日话说得逾矩，好在陛下并未怪罪，他便安静地守在一旁。

萧敬用得不多，仅一碗山药软泥羹后就放下了汤匙，公公递上锦帕供他擦拭。

"你代朕出宫，去将襄老大人请来。趁着夜色，勿叫人察觉。"

"是，奴才这就去办。"

这边寒宁宫中，同样有数道佳肴摆置上桌，配以佳肴的，还有南川军将奉命拎过来的一壶烈酒。只不过与养居殿中不同的是，这菜肴和酒都是裴轻亲手摆好的。

萧渊净了手走过来，正瞧见女子玲珑身段，背对着他将碗筷放好。

这是他曾梦见过无数次的景象。

裴轻回过身来，见他直勾勾地盯着这边，轻声问："饿了吗？"

见萧渊面色不善，裴轻迟疑了下，还是说："我唤了稷儿来用晚膳，你不要发脾气好不好？"

萧渊不理她，走过去坐下。

裴轻靠近，说："稷儿每日都是同我一起用膳的，我不想他一个人在旭阳宫孤零零地吃饭。"

萧渊听了这话嗤笑一声："你喜欢给人做继母就罢了，还要我也陪着他吃饭。娘娘勿怪，我这人什么都做得来，就是做不来人家继父！"

裴轻一愣，随即耳朵发红，低声反驳："我……我没有这个意思。"

她只是想着稷儿是晚辈，萧渊是长辈，归根到底也是同宗同室的一家人。也不知萧渊怎么就说出这话来，听起来像是……

寻常百姓家中的夫妻为了继子吵架一般。

只是雅座上的男人倒没想这么多，他自顾自地倒了盏酒一饮而尽。此时殿外传来织岚的声音："娘娘。"

裴轻便知道是织岚带着孩子来了，但因着萧渊在殿内，织岚只敢带着萧稷安在殿外等候。

裴轻出去后，殿内便只剩萧渊一人，安静得连倒酒声都如此突兀，一如回到了曾经的那些夜晚。

她离开后，他也是这般一个人坐着，喝酒，吃饭。不会再有人嫌他挑食，亦不会再有人往他碗里夹菜。那张嫣然笑脸和那些温婉灵动的叮嘱，搅得他夜夜无法入眠，唯有被至烈的酒灌得烂醉如泥，才能缓解一二。

他不喜欢这样的静，甚至极度厌恶，正要发脾气时，那道身影出现在了视线当中。

也不知她在外面同这小东西都说了些什么，总之萧稷安再见到萧渊时，不再像白日里那般有敌意了。

裴轻牵着萧稷安的手，对上萧渊的视线，莫名有些紧张，那双水汪汪的眸子好像在说，别发脾气。

萧渊蹙眉，自己就这么可怕？难不成自己是什么洪水猛兽能一口吞了她儿子？

一见他蹙眉，裴轻便更不敢带着孩子上前了。他怎么对她发脾气都好，只是对稷儿，她总不愿孩子受委屈。

却没想萧稷安先一步放开了她的手，走到了那个吓人的男人面前。

"稷儿……"裴轻轻唤。

萧稷安小小的身子站得笔直，他抱拳行礼，一字一句道："今日是我误会皇叔，还对皇叔无礼，稷安向皇叔道歉，若皇叔要责罚，稷安愿意领罚。"

一大一小，一坐一立。

萧渊看着萧稷安那双黑白分明，还像小兽一般敢直视他的眼睛，忽而邪性一笑。

"既如此，你喊声爹来听听。"

对于此等过分至极的要求，最后的结果便是萧稷安怒而瞪着萧渊，还大声吼："我有自己的父皇，你才不是我爹！"

眼见着萧渊那表情像是要打孩子一样，裴轻赶紧上前，道："皇叔同你说笑呢，菜都要凉了。今日有稷儿喜欢的清蒸鲈鱼，快来。"

她让萧稷安坐到了萧渊的对面，离得最远，自己则坐到了中间。

裴轻夹了一块鱼腹肉放到萧稷安碗中，笑说："稷儿尝尝。"

萧稷安一跟裴轻说话时便软软糯糯，他应了声好，将一大块鱼肉都吃了。

裴轻笑着回过头来，就看见萧渊冷着一张脸。也不知为何，裴轻觉得此情此景有点逗趣，她顺手拿起一只空碗，盛了一碗鱼汤放到男人手边："仔细烫着。"

南川王的脸色这才缓和了些。

萧稷安大口大口地吃着鱼肉，却见萧渊碗里只有汤，他抿抿唇，还是开口："这鱼很好吃，这么多，我和母亲也吃不完的。"

萧渊把空碗往桌上一放，又是一副要打孩子的表情。合着他堂堂南川王，若想吃鱼，还得吃这尊贵母子俩剩下的？

裴轻在桌下握住了萧渊的手，转而对萧稷安解释道："皇叔只喜欢喝鱼汤，不爱吃鱼肉的。稷儿有心了，你喜欢便再多吃些。"

手上温香软腻的触感竟叫南川王没有发脾气，权当没看见对面那个碍眼的小孩子，享受着身旁人儿细心周到的布菜和斟酒。

只是吃着吃着，萧稷安又说话了。

"听说你同我父皇是兄弟，为何相差如此之大？父皇总不忍母亲做这些事，每每都会拦着她的。我母亲到现在也没吃上几口。"

听儿子替她说话，裴轻心里软成一片。

只可惜旁边坐了个煞风景的男人，萧渊半点没有愧疚之色，说："你知道什么就敢数落本王？你这个母亲一下午吃了糕点又吃果子，现在若还吃得下那才见了鬼了。"

裴轻面色微红，原以为他只顾着看那些书册，竟没想他都瞧见了。午后无聊，她便随手做了些糕点，料备得多了，扔了又可惜，她才多吃了些。现下虽满桌菜肴，但她实在有些吃不下。

"还有，少拿本王跟你那个父皇比，没有我，你现在就在他坟前烧香呢。"

萧稷安愣了下，随即眼眶有些发红。他虽小，却也明白萧敬的病，亦知父皇陪不了他太久。可真的谈到生死，小孩子总是接受不了。

裴轻见他如此，心疼不已地摸了摸萧稷安的头，尚未开口安慰，只听萧渊又说："事实就是如此，有什么好哭的？生老病死本没得选，能选的，唯有如何去死，为了谁去死。你父皇十四岁继位，经历垂帘听政，摄政夺权，积劳成疾无药可治，就是为家国天下而死。这是他自己选的，你哭也没用。"

萧稷安听得半懂，可裴轻却是微怔之后，泪如雨下。

她哭得萧渊动了怒，大手一把掐住裴轻的脸蛋："你就这么舍不得他？"

"你放开我母亲！"

裴轻被萧稷安喊得回过神来，忙擦了眼泪，看着萧渊，眸中满是感激。

此刻她终是明白了。他本可以杀了陛下，本可以趁平乱当日把持整个皇宫为所欲为。裴轻知道他心里存着对她的恨，亦存着对萧敬的恨，甚至刀口已抵在了萧敬的脖子上，他却没有下手。

她还记得曾经那个恣意少年顶着一张玩世不恭的俊脸，说自己要当大将军，说要保家卫国浴血杀敌，效忠明君护佑江山。

萧渊说到做到了。

只是裴轻却食言了。那时他装得漫不经心地问她要不要做将军夫人，她分明是一口答应了的。

见她眸中微动，万分温柔又敬佩地看着自己，萧渊心中猛地颤动了下。他松开手，语气仍旧不善："都不许哭。"

裴轻点点头，陪着一大一小两人用完了晚膳，又望着织岚带着萧稷安回了旭阳宫。

萧渊倚在门口，看萧稷安人都走没影了裴轻却还在看着那处，嘲讽说："又不是你生的，就因为他是那病秧子的儿子，你就爱屋及乌是吧。"

裴轻现在听着萧渊对萧敬的称呼，不觉得刺耳了，反倒是话里话外听出些酸味。她说："稷儿是陛下的儿子，也是姐姐的儿子，姐姐待我多好，我都告诉过你的。"

萧渊当然知道，那时候的裴轻口中说得最多的便是她姐姐，裴绾的美，裴绾的好，萧渊都清楚。但同为男人，他却绝不会做出萧敬这种失了姐姐便要妹妹的破事。

裴轻自然不知他此时所思所想，还轻声劝道："稷儿还小，道理可以慢慢说，你总把话说得那么吓人，会吓到孩子的。"

"凭什么，让他叫声爹都不叫。"

裴轻刚还觉得他心存大义，转眼就又跟一个不满五岁的孩子计较起来，她摇摇头，柔声说："我先去准备沐浴之物。"

她进了寝殿，萧渊这才看向寒宁宫门口的那道黑影："你一个大男人听什么墙角，滚过来。"

楚离本是来有要事禀报萧渊的，可刚走到门口就被自家主子那话给吓了回去。

　　连他这做属下的听着都觉得这可就是王爷的不对了，跟陛下抢女人也就罢了，怎么连人家儿子都抢呢？

第四章 /
抉择

裴轻备好了沐浴之物，还仔细试了水温。

可一切都准备好了，却发现萧渊不在殿内。方才听着外面似有交谈声，想来他应该是处理要事去了。外面寒风呼啸，织岚在旭阳宫陪着稷儿，整个寒宁宫便只剩下她一人。

裴轻关好了门，走到屏风后解开了衣衫。

热水暖了身子，她闭着眼睛，回想刚刚席间的那番话。他说，生老病死本没得选，能选的唯有如何去死，为了谁去死。

姐姐难产血崩，宫中知情的嬷嬷说，她是笑着闭上眼的。于是众人皆言，她是为了陛下和皇族血脉而死。姐夫积劳成疾重病至此，若有朝一日……那便是为了江山社稷家国天下而死。

可是……裴轻睁开了眼睛，裕王和允王逼宫的叛军虽被剿灭，但城内城外仍虎视眈眈。南川军昼夜换防一刻不歇，楚离汇报军情从来都是脚步匆匆，她便明白过来，事情远没有她想得那般简单。

出其不意地来援容易，想要全身而退恐就难了。

不知为何，她心中有些酸涩。如今想来，那封求救信大抵是一道拖人进死水深渊的催命符吧。

沐浴后，她换上了里衣，擦着长发。

都说南川王脾气暴戾，动辄杀人如麻。当初不过有人在朝中弹劾他几句，回府路上便被削了脑袋，自此无人再敢在朝中言说南川之事。

如今看来，也不尽然。南边常年温暖如春，可如今天寒地冻，又是血战又是昼夜巡防，宫里的南川军将竟是没有一声埋怨和哀叹。若非治军言明，又岂能如此？

起初得知那些事的时候，她心里是怕的。后来知道了南川王名叫萧渊，还年轻俊美之时，她心中更是怕的。她清楚地知道自己负了他，清楚地知道入宫前对他说的那些话有多伤人。

而如今，她也还是怕的。

裴轻走到床榻边，掀开了被褥。

她怕……他回不去。

正要吹熄蜡烛之时，外面传来"吱呀"一声，紧接着一股寒风吹进来，又听见殿门"嘭"的一声关上。萧渊身上还沾着雪，殿内扑面而来的暖意和香气瞬时消了几分令人不适的寒气。

走进来看见榻边似是想要就寝的女子，他俊眉皱起："我还没回来你便要睡？"

裴轻赶紧起身，解释："我以为你不回来了。"

"不回来我去哪儿？"他没好气地从身上掏出个东西往她手里一塞，"这东西动不动就掉下来。"

裴轻低头，手里是她昨晚送出去的平安符。赤色锦囊外面都湿了，像是沾了雪水。

"那我给它缝上带子吧，你系在腰带上就不会掉了。"她一边说着一边去拿针线盒子。

"真麻烦。"身后的男人解了衣裳。

裴轻拿着针线盒回来，问："这外衫怎么全湿了？"

然而萧渊没理她，自顾自地去了屏风后沐浴。堂堂南川王自然不会说，是因为去东宫的路上这破平安符掉出来，偏遇着今晚大风暴雪吹飞出去，皇城之内两个高大的身影好一阵追。到了东宫楚离还在那儿又笑又喘，上气不接下气的，被踢了一脚才闭嘴。

不过此时此刻，整个南川军内应该都传遍了。

裴轻见他不应，以为他又生气了，见他去了屏风后，这才恍然想起根本没预备他回来后要沐浴的东西。

她匆忙放下手里东西跟过去："我很快准备好要用的哎呀——"

男子赤裸又精壮的身体骤然映入眼帘，裴轻惊叫一声红着脸背过身去，一时忘了自己要说什么。

"你准备的沐浴之物就是冷水？"他问。

裴轻没想到他还要回来，更没想到他衣服脱得这么快，她指了指旁边，解释："还有些干净的热水，就是没有刚才那般烫了，加进去应该刚好能用。"

萧渊侧头看了眼她指的地方，又回过头来看了眼她，冷哼一声。

那双白白嫩嫩只会弹琴研墨的手，怕是根本提不起那满满的热水。

身后传来哗哗的水声，裴轻松了口气，既然他已自己解了衣裳，旁的应该也用不上她什么，于是她说："那你先沐浴，我去缝带子了。"

看着那道迫不及待要离开的背影，萧渊不满地开口："拿过来缝。"

"什么？"裴轻还是背对着他。

"若是缝得我不满意，以后那个萧稷安就不准来此吃饭。"

屋外仍在落着大雪。

寒宁宫内，水汽氤氲，暖得让人昏昏欲睡。但时不时传来的一声轻问，便立刻能叫人清醒过来。

"这样缝可以吗？"

裴轻拿着平安符靠近，柔声解释："这样的话，线不会露出来，与锦囊更相配。你看好不好？"

萧渊看着这张近在咫尺的绝美脸蛋，难得没有嘲讽地应了声"好"。

裴轻微微诧异，随即笑着说："那就这么缝了。"

这么久了，她笑起来的样子竟是一点没变，一如当初的那般好看，又那般温柔乖巧。她总是认真地听他说话，他要做什么，她也总是在一旁帮忙。他兴起时拿坏消息逗她，看她相信后担心不已的样子，心里曾不止一次地想，她这么好骗，可不能被人骗去。

呵，只是没想到，被骗的哪里是她，分明是他。

是他信了那些温声安慰，是他信了她说会当将军夫人，是他在被抛下之时，竟还想着她会不会有苦衷。他不堪地偷偷去找她，看见的却是无比风光的凤鸾仪仗。之后每每听见的，都是寒宁宫里那位小裴娘娘如何得宠，如何与皇帝言笑祈福，两人恩爱和睦。

直至那封求救信传来了南川。

楚离奉上信之时，那信封上的娟秀字迹如同重锤砸在萧渊的心上。他甚至以为是她后悔了，后悔入宫，后悔去侍奉一个身子每况愈下的帝王。

是不是想要自己去接她？这个念头让骑了十几年马的南川王在勒马时摔了跟头，吓坏了一众军将。

他顾不上找什么大夫诊治，亦不管腿上生疼，原本一潭死水的心只因"萧渊亲启"这四个字波澜骤起。可打开信的一刹那，犹如一盆冰水泼在了灼热的心头。

她求他，去救她的陛下和继子，甚至愿意为此付出任何代价。

看着看着，他便笑了，笑自己被温柔刀砍了一次，居然还能有第二次。

他就那样拿着信坐了整整一夜。

次日清晨，楚离上秉了皇城欲生宫变的消息。南川天高路远，若不是主动打听，恐怕新帝继了位他们才会知道来龙去脉。

只是楚离带来的消息，远比裴轻信上所言要严峻得多。所以连同楚离在内的所有南川军高阶将领，都惊异于萧渊要即刻起兵的命令。

皇城事虽急，却也不急在这一时，南川军在朝中早已臭名昭著，即便不蹚这浑水又有何妨？

……

"好了。"

一声轻咛将萧渊的思绪唤了回来。

眼前的人儿将加了带子的平安符举起来晃了晃，说："以后肯定不会掉了。"

那双美眸黑白分明，婉转动人，初见时可怜害怕的样子叫人心动，眼下含笑的样子，便更能轻易蛊惑男人的心了。

萧渊起身，裴轻忙别开眼，却又在下一刻递上了干净帕子和衣衫。

不知为何，她总觉得今晚的萧渊有些不一样，自出去一趟回来后，就安静了许多，也不发脾气，更不羞辱嘲讽她了。她将平安符放回到榻边的小桌上，与萧渊解下的腰带放在一起。

转过身来，萧渊正看着她。

裴轻想起了昨晚。她不由得后退一步，眼里有些畏惧。

"你，要安歇了吗？"她问。

他坐到了床榻边。

"那我把蜡烛熄了。"她走到一旁熄了烛光，脚步很轻地走到了不远处的小榻旁，掀开被褥躺了下来。

殿中便只剩下淡淡的呼吸声。不知是不是在热水旁坐得久了些，裴轻觉得身上暖暖的，很快便入睡了。只是睡得迷糊间，感觉身上一凉，紧接着小榻颤了颤。

一双强劲的胳膊环在了她纤细的腰上，她惊醒，黑暗之中对上一双极为好看的眼睛。

她还未反应过来，吻已经覆了上来。

萧渊的吻如他这人一样侵略又猛烈。

裴轻起初有些招架不住地想推开他，可男人仅单手便轻松地攥住了她双手手腕，另一只手箍在她腰上，两人的身体紧紧贴在一起。

他以吻封口，不想从她嘴里听见拒绝的话。于是这吻变得绵长，他想象过这般肆意碰她的感觉，但那点想象远不及此时此刻的刺激与销魂。二人气息交缠，低低的嘤咛听在耳里，痒在心中。

交颈喘息间两人可以清晰地听见彼此胸口的声音。

良久，萧渊终于开口，在她耳边说："裴轻，不要再有别的男人。"

裴轻心头一颤，这么久了，他终是再叫了一声她的名字。

从再遇到今夜，他一口一个"娘娘"地叫她，如同一根根刺一样扎在她心上，她也知道这都是她自找的。难过也好，不舍也罢，一切已是定局。

裴轻可以在外人面前装得安然随和、端庄典雅，却管不住自己的心。

自再见到他以后，她也曾奢望着，他能再像曾经那样，调笑也好戏谑也好，叫上一声"裴轻"，叫一声"小轻儿"。

眼泪滴落，浸湿了男人的肩头。萧渊放开她，果然看见一张梨花带雨的脸蛋。久难平息的情欲就在这一瞬间被眼泪浇灭。

这夜，萧渊没有歇在寒宁宫。

裴轻是被一阵急促的敲门声吵醒的。

她坐起来朝外看去，天都还未亮。

敲门声越来越急促，裴轻赶紧穿好了外衫，低头看看觉得还是不妥，最后又加了一件披风。

打开门，是楚离痛哭流涕过的脸。裴轻一怔，问："楚都统，怎么了？"

楚离抹了一把脸上的汗和泪，说："娘娘，把持京郊大营的鲁国公与麓安军曹瑞吉暗中勾结，我们的人探得消息两路大军将在今日会合，还将伙同城内火防水利等要处，欲围剿南川军拿下皇宫！一旦让他们形成合围之势，宫里的人便只有死路一条。昨夜王爷已于东宫做了部署，下令今日凌晨先下手为强，兵分两路迎战鲁曹大军，拿下机要官员，可……可是——"

看楚离的样子，接下来所言应该不会是什么好事，裴轻面色发白，问："可是什么？"

"勿说是兵分两路，即便是整个南川军加起来，也够不上鲁曹大军的一半，更何况还要拆了人手去攻火防！这不是寻常的以少战多，分明是以寡敌众的死战啊！昨夜明明说得好好的，是生是死我都要在王爷身边，可他竟叫人给我下了药把我撇在宫里！"

楚离人高马大的，说到此处一度哽咽，只将一张字条往裴轻手里一塞："事已至此，娘娘快跟我走吧！"

裴轻打开字条，上面是龙飞凤舞的几个大字：

楚离，护好她和孩子，这事只有交给你我才放心。

眼泪落在了字条上，模糊了上面的墨迹。那张恣意的脸划过眼前，心股股作痛，裴轻紧紧攥着门边，强撑着让自己站稳。

她深吸口气，抬头问："禁军呢？禁军至少帮得上南川军！"

楚离摇头："王爷下了死令，八千禁军护卫皇城守住宫门，绞杀意欲闯宫的叛军残孽。娘娘，我们这几日连夜挖了地道通向宫外，这是最后的路了。禁军能否真的抵挡住反贼，王爷其实是信不过的，所以最后还是决定让娘娘和皇子从地道逃离。只是也请娘娘恕罪，南川军唯王爷之命是从，我们这点人护不住皇帝陛下。生死有命。"

楚离一席话，裴轻已经了然。她问："他做此安排的时候……胜算有几成？"

楚离再度哽咽："若是有援军，便有三成胜算。"

"什么……"

"昨夜本还收到老王爷旧部愿意出兵来援的消息，可不知为何今晨消息全断！"楚离说，"援军不到，王爷和外面的兄弟们根本撑不了多久，即便如此他还不带着我！"

这句撑不了多久，霎时让裴轻心中的弦崩掉。如果援军不到，他撑下来的意义，便是尽可能为她和稷儿拖延时间。

想到这里，裴轻说："劳烦楚都统，带稷儿离开。"

楚离大惊："娘娘不走吗？"

裴轻没有多说，只跪地向楚离行了一礼："无论如何孩子是无辜的，你是他最信任的人，求都统带稷儿从地道离开。"

"娘娘可知王爷知道后会如何大发雷霆。"

裴轻声音有些颤："那他也得先活着，才能大发雷霆。"眼泪止不住地滑落，"我写那封求救信，不是让他来送死的。"

楚离微怔，沉默片刻拱手行礼："娘娘若有救王爷一命的法子，楚离定当配合！请娘娘放心，即便豁出命去，我也一定护小皇子周全！"

楚离走后，裴轻失神地走回殿中。她不知自己是怎么一件件穿好冠服，如何绾了发，又是如何走出寒宁宫的。

一夜的暴雪，让皇宫雪白又凄美。裴轻一步步踩在雪里，身后留下一长串脚印。

她怕的事终归是要发生了。怎么死，为了谁去死，他是这样选择的。

寒风凛冽，却冷不过她的心了。

裴轻知道，此时此刻才到了真正的绝境。

风愈大，雪亦深，去养居殿的路难走极了。

发丝被刮得凌乱，眼眶中的泪被风吹干，冷得生疼。裴轻回想起了他昨晚的异样，更明白了他为何会说那样一句话。

她为何当时就没听出来呢，那句"裴轻，不要再有别的男人"分明那般耳熟。

曾经的他们，也遇到过今日这般的绝境。他被追杀，连带着身旁的她也被追杀。悬崖穷途之时，他面色苍白却还嬉皮笑脸道："小轻儿对不起啊，连累你了。"

她哭得可怜兮兮地替他捂着血流如注的伤口，一个劲地摇头。

若非跟在他身边，她早已不知被那些地痞恶霸欺辱成什么样了。出了家门才知道天下竟有那般多的难言委屈。

刀枪箭矢逼近，他不得不抱着她跳了崖，上天垂怜让崖下是一条缓流，她费了很大的力气将他拖上了岸。

可那时的少年已经奄奄一息，躺在她怀里，竟还在操心之后的事。

"我可能没法娶你做将军夫人了，你别生气啊，这不是，咳咳……还有下辈子吗。"

"这辈子……你就……就找个读书人嫁了，别找行伍之人，他们提着脑袋过日子，你整日都要……担惊受怕。"

她的眼泪止不住地流，想扶他起来，可他起不来。

"不行，不行，读书人不会武功，怎么护你啊。算了，还是……找个会点武功的，衙门差役甚好，会武功，又不用上战场。"

"但就是俸禄很少啊，小——"腹部的剧痛让他停顿了好一会儿，"小轻儿，那种连胭脂水粉和衣衫襦裙都买不起的，可不能嫁……"

"你别说了，我带你去找郎中，前面有炊烟，定是有人住的！"她声音急切。

可他摇头，还艰难地咧着嘴笑："要不裴轻，你别嫁人了好不好，那些男人……都配不上你。"他气息越来越弱，"你听说过捡尸人吗？"

裴轻不可置信地看着他。捡尸人，以收尸为生，尸体或送去给富贵人家陪葬阴亲，或给郎中验毒验药，最后多半会变得七零八落，扔到乱葬岗喂畜生。

萧渊说："等我死了，你别葬我，下葬要花很多银子的。你……你就把我的尸身卖给捡尸人，像我这种年轻体壮的，能卖好几两银子！可以给你当盘缠。"

说着，他满是鲜血的手从怀中掏出一块碎了一角的玉佩："然后，你拿着这个去南川，找……一个叫楚离的人，他是我的至交好友，从小一起长大。他会把我所有的银子都给你，你一定要收好，然后……叫他给你雇个各路山匪地痞都怕的镖局，送你回家，好不好？"

她哭着摇头，只是萧渊已说不出哄她别哭的话了。

那是他濒死前对她的叮嘱，怕她受委屈。而昨夜他再度说了那句话，也是知道自己选了一条死路吗？

裴轻远远地看见了"养居殿"三个字。而此时宫外"轰隆"一声，像是什么东西炸开，厮杀刀剑声明显逼近，裴轻心猛地揪起，她顾不上什么礼仪规制，拎着衣襟下摆跑了起来。

她不会让他死的。

就像那时一般。她也不知自己是如何做到的，亦不知自己那时为何会有那般大的力气，能背着比她高得多重得多的男子硬生生走了几个日夜，最终在行脚帮的村子里找到了大夫。

萧渊总吹嘘自己命数好，是天命之子，她本是不信的。但见到了那名神医，亲眼见到萧渊起死回生之时，她信了。

他是上天眷顾之人，不会轻易死掉的。

又是"轰隆"一声，裴轻倏地望过去，这是撞击宫门的声音。沾了火油的箭矢射了进来。

裴轻跑进养居殿的内殿之时，萧敬依旧神色淡然，说："你来了。"

裴轻毫不犹豫地跪在了他面前。

裴轻从来都是温顺的、娴静的，即便后宫嫔妃冷言冷语，她也从不计较和在意，更不会在萧敬面前说她们半句不好。

于是宫外盛传小裴娘娘性子温和、宽容大度，一如其姊裴绾，将来定是能母仪天下的皇后。

可宫里人知道，裴氏姐妹虽百般相像，但裴轻终归不是裴绾。作为如今的后宫掌权之人，裴轻的确事事以陛下和皇子为先，但作为女人，她心里没有陛下。嫔妃们谁侍寝谁争宠她从不过问，因为不嫉妒，所以淡然又从容。

但眼下的裴轻，是众人从未见过的，亦是萧敬从未见过的。

她悲怆而决绝。

萧敬咳了两声，缓和下来平静地问她："来找我，是想做什么？"

"我要开宫门。"她脱口而出。

萧敬看着她："你可知开了宫门会有什么后果？"

裴轻自然知道。开宫门，意为献降。城外大军觊觎的是皇位，想杀之人是萧敬，开宫门便意味着是将他们想要的东西拱手奉上。

如此一来，萧敬必死，皇位必落入他人之手。

但这能给宫外的南川军一丝喘息的机会。只需片刻，凭萧渊的本事，撤兵也好四散逃亡也罢，他一定能够活下来。

裴轻低头不语，萧敬不怒反笑。

裕王、允王叛军欲逼宫之时，他本已认为到了绝境，可那时的裴轻不曾有过丝毫献降的意思，能让她硬撑的，与其说是那封求救信，不如说是对那个男人的信任。她相信只要萧渊来了，便一定平安无虞。

而眼下，萧敬并不认为是绝境。只要南川军拼死一战，保住皇宫并非完全不可能。可她却是要开宫门献降。

事关外面那个男人的生死，她便失了素日所有的温婉安静。

萧敬盯着裴轻。

原来这个平素温婉可人的女子，是能如此决绝狠心之人。她与裴绾有着相似的脸蛋，却有着截然不同的性子。以往种种乖顺，如今想来皆是因为不在意罢了。

虽已知她入宫缘由，可不知为何，一股怒火还是莫名地涌了上来。

萧敬起身，消瘦却高大的身影走到了裴轻面前，他俯身，苍白又迸着青筋的手掐住了裴轻的脸蛋迫使她抬头——

"朕若不允呢？"

裴轻望向那双深邃幽黑的眸子，里面戾色骇人。她亦是第一次见这样的萧敬。当今陛下性情仁厚，普天之下无人不知。他治国有方，从不滥用酷吏私刑。他从不疾言厉色，更不会如此咄咄逼人。

此时此刻那张俊朗的面容上神情未变，可裴轻却觉得整个大殿寒冷刺骨。

外面又是"轰隆"一声，惊得她身子颤了下。

可眸中却又坚定了几分，她一字一句道："陛下病重，既摄宫中事，裴轻当有此权力。"

萧敬眸色当即一深，裴轻脸上被掐出了红痕。可转而他却放开了她，什么也没说地坐回了床榻边。

裴轻看他还赤着脚踩在冰凉的地上，忆起过往的一一照拂。

"陛下放心，樱儿已经被南川军护送出宫，不会有事。"她顿了下，声音发颤，"开宫门之后，无论何种后果，我都会陪在陛下身边。"

闻言，萧敬一怔。

"我知道我很自私，可我……我真的不想他死。"她一忍再忍的眼泪终是簌簌地落了下来，"我负过他、伤过他，还贸然去招惹他，将他拖入如此残酷的纷争当中。萧渊是很好的人，他活着，还能守卫江山社稷，是有用的。

"裴轻明白，后宫中的女子无论有无名分，无论位份高低，都以侍奉陛下为命，只要膝下育有皇子公主，便是终身不能出宫嫁人。既已入宫，此生与他便再无可能。我……我没有其他的东西，唯有一条命，报姐夫照拂之恩，报姐姐在天之灵。所以生死之际，我绝不会让陛下一个人面对。只求陛下应允，让他活下来。"

偌大的养居殿里，回荡着带着哭腔的声音。

萧敬静静地听完裴轻所言，沉默片刻后轻笑了一声："朝夕相处这些时日，我竟从不知你裴轻是性子如此刚烈之人。"

见裴轻的泪尽数滴落在地上，地上湿了大片，萧敬说："起来吧。"

裴轻不明白他的意思。

"你去倒两杯酒，就当是此生诀别了。喝完，朕即刻下令开宫门。"

"谢谢姐夫，谢谢陛下！"她忙擦着眼泪起身。

裴轻很快端来了酒，萧敬又咳嗽了两声，裴轻听见后立刻转身将殿中的炭火挪得近了些。回过身来时，萧敬正看着她，唇角略带笑意。

她微怔："怎么？"

"无事。"萧敬拿起一盏酒递给她。

做帝王十几载，萧敬还是头一回如此看不透一个人，准确地说，是一个女人。明明要用他的命去救外面那个男人，此刻却还担心他会冷。

裴轻接过酒，又低低地说了声对不起。

萧敬一笑，一饮而尽。

裴轻抿了抿唇，也将酒尽数喝下。

"裴轻，你有多爱慕他？"萧敬放下酒盏。

裴轻垂眸。

"你若真的自私，就该直接杀了我，你端来的东西，我从不验毒。"他说，"待我死了，你想与谁在一起都可以，不是吗？可你呢，就因为入了我的后宫当了几日名义上的娘娘，便要陪我一起死，你到底是自私还是傻？"

萧敬的声音很轻，也很好听，可不知为何，裴轻离得这么近却有些听不清楚。

她抬眸望他，却眼前模糊。她晃了晃头，猛然想起了刚刚那杯酒。

"裴轻，也容朕自私一次吧。"

这是裴轻晕倒前，听到的最后一句话。

第五章 /
情意

裴轻是被外面的吵嚷声吵醒的。这里很黑，难以看清四周。

头还是很昏，她费力地坐起来，循着仅有的一丝光，伸手摸到了门缝。丝丝药味沁入鼻腔，她便知自己还在养居殿里。

来过这里数次，她竟从来不知养居殿内还有这样一处幽闭狭小的密室。

这时外面传来哀乐，她心头一颤，急忙用力推开密室的门，霎时光照了进来，刺得她睁不开眼。

可她顾不上这些，那哀乐一声又一声地传入耳中，还掺杂着刀剑碰撞声、粗鲁的喊声……

莫不是叛军真的攻入了皇宫？

那他……

只是想到此处，眼泪就已蓄得满满。裴轻跌跌撞撞地朝外跑，雪水浸湿了鞋袜，寒意自脚底一路冷到心头，她却感觉不到。

离明武大殿越近，裴轻便越发腿软。远远望去地上猩红狼藉一片，脏污雪水混着血腥，刚踏入此地便作呕难忍。地上有零落的人头和残肢，殿外尽是穿着赤金盔甲的军将。

没有银盔战甲的禁军，亦没有黑色盔甲的南川军。

凛冽寒风将裴轻发丝吹得凌乱，如一朵极美却又即将残败的花落入血地之中。

殿外的军将全都看了过来，声声惊叹盖过了混乱嘈杂。他们看着身穿正红冠服的女子面色苍白地走过来，她似乎是看见了什么，怔在原地。

顺着她的视线望去，大殿的正中放着一樽棺椁，上面偌大的"萧"字，恢宏而怆然。

裴轻认得棺旁的那人，楚离满脸是血，哭得声嘶力竭。刹那间，眼前一白，裴轻险些没能站住。

风吹干了脸上的泪，她反倒不跑了。

片刻之间，裴轻又恢复到了往日那般的淡然高雅，只是却眼神空洞。

她走向棺椁的每一步都安然平稳，可仔细看，便知她浑身都在颤抖。

"娘娘……"楚离哭得声音沙哑。

裴轻自知众目睽睽之下，没有娘娘跪臣子的道理，可她仍跪在了棺柩前，声音了无生气，淡漠又柔和道："对不起啊，这次……是我连累你了。"

棺柩漆黑而紧闭，她看不见里面的人。

但那张俊朗的面容却清晰地出现在眼前。

裴轻笑笑："你定是觉得，我对不起你的又何止是这次。"

她笑得很美，却也极殇。

"我负了你，也骗了你。"眼泪一滴滴滑落，"当日入宫，是为了能照顾姐姐的孩子。姐姐待我如母，她的孩子亦是我的孩子。只要能替姐姐照顾他，我愿付任何代价，所以那时我不能选择你。

"自从知道你就是南川王，我心里有害怕，也有欣慰。听说你在南川过得潇洒自在，没人再敢追杀和暗算，我便放了心。"

裴轻顿了下："其实……也不是完全放心。朝中弹劾之词难以入耳，自古功高震主之人总是没有好下场的。我写了信，却不知如何落名。若是不落名，你定会觉得我是高高在上在对你施以命令吧?

"可若是写'裴轻'……既已入宫，又如何能用闺名与你书信，叫你平白多思？"

她微微一笑："若是什么都不落，只怕你连看都不会看对不对？最后，那封信终是没能送出去。但好在姐夫是明君，他说南境的几次大战都极为凶险，仅凭几句弹劾之词便责罚屡次平乱的有功之臣，那才会叫天下人寒了心。你看，其实并不是只有我才懂你的好，明白你的抱负与雄心。没有我……你也能过得很好。但最终，还是我连累了你。"

裴轻擦了眼泪："你知道吗？今日陛下问了我一个问题。他问：'裴轻，你有多爱慕他？'"

裴轻歪歪头，望着棺椁笑得好看："这话你为何从不问我呢？你从来只问，裴轻，你知不知道我有多喜欢你？

"那个时候，我总不好意思同你说这些，便从来没有回答过。"

裴轻低头，从袖口拿出一物。

"我当然知道啊，我一直都知道。今日之问没有回答陛下，是因为我觉得这些话应该先说与你听。"

尖锐的匕首尖划破了她纤细白皙的手指，留下斑驳血痕。

"我有多爱慕你，大抵便是……萧渊，下辈子就算你不愿意，我也要强嫁给你。"

裴轻闭着眼含着笑，匕首毫不犹豫地扎向了自己的腹部。

"娘娘！"楚离这才看清裴轻手里拿的是什么，可他离得不够近，纵身扑过去却连裴轻的衣袖都没碰到。

此时忽然"当啷"一声，眼看着要扎入肉身的匕首掉在了地上。

侧殿方向传来声音："娘娘这是要给谁殉葬？"

萧渊伤得有些重，腰腹皆有刀伤，腿上还中了两箭。

南川军和禁军也皆损伤不少，宫内宫外的一干事务便尽数由来援的渠城军接管。

渠城毗邻南川，如今的首领便是当初跟着萧老王爷的亲信。老王爷乃宗族亲王，除了生了个不服管教天天惹事的儿子之外，真没什么错处可挑。但无论萧渊如何混账嚣张，老王爷骤然去世后，南境多年来一直安安稳稳，便是萧渊最大的功劳。

援军兵分三路而来，虽悄无声息，但来得非常及时。

所谓及时，便是萧渊快要战死的前一刻。

他是被抬着回来的，待止了血便像死了一样躺在明武侧殿。他太过疲惫，以至于连楚离安置好了小皇子一路杀回宫，却骤然看到萧氏棺椁时的号啕大哭都没听到。

但剧痛昏沉时，一声声女子的哭泣，和一句句温婉的话却尽数传入他的耳中。

萧渊其实不清楚自己是死是活，但听见外面的女子在为别人哭，他就火冒三丈地要从阎王殿跑回来质问她。

正殿里的人儿在哭着说话，侧殿里的男人则艰难地坐起来，还强行用已经疼麻木的腿撑着挪出去。

越靠近，便听得越清楚。

直至听见那句"萧渊，下辈子就算你不愿意，我也要强嫁给你"的时候，他心尖一颤，一股狂喜涌了上来，身上的疼痛当即消失，却未想走出来的一刹那竟看见她举着匕首捅向她自己。

若非动作快，只怕如今在他面前的便是裴轻的尸身了。

他本以为她是在为萧敬之死而哭，不曾想她竟也会为了他萧渊，做到如此地步。

早该想到的……圣旨宣布开宫门献降之时，他就该想到的。

萧敬作为皇帝是仁君不假，但作为男人，他不是个仁善到明知自己宠爱的女子与别的男人有过牵扯，还能全然无所谓的人。

正因如此，萧渊出宫迎战前再次去了养居殿。以竭力保全萧敬唯一的儿子作为条件，要他承诺无论如何绝不处置裴轻。

即此役若胜了，那裴轻地位不变。此役若败了，亦不可迁怒她追杀她。

病榻上的萧敬第一次敛了一贯的从容笑意，应下这个如此犯上的南川王口中的条件。

前有约定，所以萧渊从未想过萧敬会亲自下旨开宫门献降。现下想来，能有办法让萧敬退让到那番地步的，也唯有她了。

裴轻被侧殿突兀的声音惊在原地，她怔怔地看着从侧殿走出来的人，一时竟不知是真是假。直到那人笑得邪性又好看，还冲她招手道："劳烦娘娘扶下本王，腿疼得实在厉害。"

下一刻，那道纤瘦的身影扑到萧渊的怀里，紧紧地抱着男人的腰，哭得可怜极了。

萧渊只觉五脏六腑都被撞移了位，可偏偏一点也不疼，反倒胸前酥酥麻麻，好生舒服。

他不客气地揽上裴轻的腰，低头亲了亲她的头发："我这不是没事嘛，哭得我都疼了。"

裴轻赶紧抬头，哽咽着声音："哪里疼？"她这才闻到萧渊满身的血腥味，赶忙要松手，"我是不是碰到你伤处了，对……

对不起。"说着眼泪又吧嗒吧嗒地落下来。

　　用命换来美人主动投怀送抱，萧渊自然不肯放手，他扣着她的腰，俯在她耳边轻声说："轻儿，你哭得我心疼。"

　　裴轻耳朵倏地红了，要推开他却又不忍用力。

　　这拉拉扯扯的样子，看得门外的渠城军首领徐达直皱眉头。他横竖是看不懂这位娘娘，先前还在皇帝陛下的棺椁前哭得百般伤心，怎么这就跑到别的男人怀里去了？

　　至于萧渊，徐达就更不懂了。这小子不是只会打仗和惹事吗？还有这么温柔哄人的时候？哄的还不是别人，是当今皇嫡子的养母，未来的太后。

　　这成何体统！

　　眼瞧着外面越来越多的人往殿里张望，徐达扯着嗓子猛咳了两声，引得殿内之人看了过来。

　　萧渊挑眉："何事？"

　　那模样看着讨厌得紧，这要是自己的儿子，徐达早蹦起来毒打他一顿了。若非看在老王爷面子上，他才不来援这个浪荡子。

　　"襄公来了。"

　　萧渊还抱着裴轻不放手："谁？"

　　"还能是谁，国相襄之仪！"徐达没好气道，"说是秉承圣意，待陛下崩逝之日前来宣读遗诏，昭告天下。"

闻言，裴轻倏地望向殿中那方黑色的棺椁。

裴轻不相信棺椁中之人是萧敬，他虽病重，却也不会今日就……

即便是叛军攻入皇宫，少不得也还需要威逼利诱要来遗诏，绝不敢立刻弑君。

萧渊顺着她的视线望过去，沉默片刻，牵住了她的手。

他看向一旁又哭又笑的楚离，说："皇子呢？既宣遗诏，他也须得在场。"

楚离见萧渊终于同他说话，尽管语气还很嫌弃，他却毫不在意："回王爷的话！属下已放了信号弹，皇子已在回宫路上！"

方才发现萧渊没死，楚离也哭着想扑上去抱他，结果就被萧渊那凶狠的眼神给瞪了回去。

楚离只好自己擦了眼泪，揉了揉跪麻了的腿，起身出去放了信号弹，授意宫外保护皇子的南川军护送皇子回宫。

萧渊都懒得说他。若不是他不分青红皂白地跪在地上哭，也不会让裴轻误以为棺椁里的人是萧渊。

但这也怪不得楚离，他杀红了眼，一回来没看见萧渊只看见棺椁，也是脑中一片空白，顾不上多问一句便扑通跪在棺椁面前哭了起来。

"陛下他……是如何崩逝的？"裴轻怔怔地问道。

"毒发。"徐达说，"养居殿服侍的掌宫太监回话道，陛下说娘娘已从偏门去了旭阳宫照看皇子，随后便下了那道开宫门的圣旨。"

"陛下闭门不许人去打扰，最后是禁军去通报战胜的消息时，公公进殿才发现陛下已经……经太医验，毒下在了酒盏之中。"

"什么？"裴轻后退一步，萧渊扶住了她。

她端来酒后，不过就是转身挪了下炭火的工夫，酒中就被下了药。一盏下的是迷药，一盏下的竟是毒药。她不明白萧敬如何能这般决绝，他当时云淡风轻说的此生诀别，居然是这个意思。

"母亲！"

一声孩童的呼唤，让裴轻回了神。

萧稷安由南川军快马护送回来，外面军将皆叹如此年幼的孩子，竟敢无畏地穿过湿泞的血地，无视地上的尸身，径直踏入了明武大殿。

　　他扑倒在裴轻怀里，终于哭出声来。他明白棺椁意味着什么，亦明白自己失去了什么。

　　裴轻抱着孩子亦是哭得伤心，萧渊蹙眉看着她身子哭得一抖一抖的，生怕她就这样哭晕过去。

　　萧渊又看了眼萧稷安，丧父之痛他最清楚。大手摸了摸那颗小脑袋，萧渊说："新帝继位，我南川必誓死追随，忠心不二。"

　　短短一句话，却有千斤之重。意味着他将扶持幼帝继位，保裴轻坐上太后之位，铲除余孽平息动荡。这一脚踏进来，数十年内便回不了南川了。

　　徐达沉默地看着萧渊。老王爷临死前唯一嘱托便是不允萧渊离开南川，更不允他涉足政事，掺和到皇权纷争中去。他们这一脉只剩萧渊，切不能让他步老王爷的后尘。

　　可兜兜转转，萧渊还是来了皇宫，甚至差点死在这里。这究竟是逆天改命，还是本就命中注定？

　　殿外，传来侍卫高声："见过国相大人！"

　　年逾古稀的国相襄之仪肃着神情走了进来。他头发胡子皆已花白，却没有一丝老迈绵软之态，他未理会众人的行礼，而是走到了棺椁面前，重重地跪下去，磕了三个头。

他看着萧敬登基继位，知萧敬如何忧思国政，亦知萧敬尚未完成雄图霸业，心中所憾无以言表，唯有尽心辅佐新君，或可报君三分。

襄之仪起身，拿出了图腾纹底的皇帝昭旨，高声道："先帝遗诏在此，诸臣听旨！"

从殿内传至殿外，所有军将，乃至刚刚入宫的王公大臣全部跪在大殿之外，看着国相大人双手捧着遗诏站在殿门口，将诏书展开。

猩红的皇帝大印威严无比，只是看至上面所书内容之时，国相面色一僵。

今日之前，他从未擅自打开看上一眼，那夜陛下秘密召见，将遗诏托付于他，他明白自己深受皇恩信任之时，尚都不及此时的震惊。

然众人屏息以待，他只得照旨宣读——

"世袭南川王皇宗萧仁煜之嫡子萧渊，朕之手足，数次平乱护驾勤王，居功至伟，必能克承大统。著继朕登基，即皇帝位。皇嫡子萧稷安，天资过人，深得朕心。念其年幼，令之过继，改宗换脉，称萧渊为父。

"已故皇后裴氏嫡长女裴绾，育皇子有功，追封谥号慧娴，与朕同葬皇陵。其妹裴氏嫡次女裴轻，温恭淑婉，抚养皇子亦有功劳，危机之时护朕之心天地可鉴。裴氏功德不可磨灭，特令，裴轻继新后之位。"

深夜亥时，寒宁宫内氤氲着水汽。

裴轻穿好了衣衫，听见屏风外织岚的声音："娘娘，陛下来了。"

以往听见这话，裴轻只会淡淡一笑，然后命人去旭阳宫接萧稷安过来，再吩咐厨司做些清淡可口的夜宵。可如今听见这话，她却有些心颤。

国葬的第二日便是登基大典，紧接着又是封后大典。登基大典尚未出什么纰漏，可封后大典，身旁男人从头到尾都臭着一张脸，吓得宣旨公公脸都白了。

朝臣们虽震惊，但仔细想过之后，多少还是明白那道兄终弟及的遗诏的。

一个不满五岁的孩子当皇帝，且不说诸国虎视眈眈，即便是本国之内，都不知要掀起多少腥风血雨。

但若是凶狠跋扈的南川王继位，那便不同了。人的名树的影，文帝有文帝的韬略，武帝却也有武帝的威慑。

再者言来，这个南川王似乎也不尽如传言般张牙舞爪、残暴至极。他能拼死护卫皇宫以寡敌众不退一步，便是世间最大义之举。

听说他在南川尚未婚配，可如今一道过继皇子和一道立裴氏次女为新后的旨意，就令他一朝登基便多了个儿子和皇后，想来肯定是会极度不悦的。

诸臣胆战心惊地看着新任陛下那张明显不高兴的俊脸，心里却不禁赞他，即便如此都还一一遵照了先帝遗诏，可谓至仁至义了。

但他们不知的是，萧渊根本是嫌那封后大典不够盛大隆重，偏偏驳了礼部大操大办安排之人是裴轻，她语气轻柔地规劝，叫他发不出脾气。

"还没沐浴完？"殿内响起熟悉的声音，萧渊轻车熟路地走了过来，"那正好一起。"

他还随手脱了龙袍，织岚见状赶紧退了出去。

裴轻正要出来，迎面就撞到男人怀里，炙热的气息瞬时将她紧紧包裹。

萧渊低头瞧她："如此迫不及待？"

裴轻脸红得发烫："没……没有。"

萧渊看着她绯红的脸蛋，不自觉地喉头吞咽。

他目光直白又灼热，裴轻忙轻轻推了下他："你……还有伤呢。今日备了药浴，还是先沐浴吧。"

水汽氤氲，实在太热，待他沐浴之时，裴轻便出来找出了干净的里衣放好，又去拿了药膏。

听见出浴的水声，她回过头来，却见他里衣穿得松松垮垮地走了过来。男人结实的身体好看极了，水珠顺着胸膛滑向小腹，浸湿了衣衫，反而衬得健硕的线条更加诱人。

她立刻别开视线："怎么不系好带子，受了风伤就更好不了了。"

萧渊看她那副娇羞的样子，觉得甚有意思。他懒懒地坐到床榻边，说："反正也要脱，系带子多麻烦。"

裴轻惊异于此人脸皮之厚，这般放荡的话也能如此云淡风轻地说出口。

萧渊招招手，说："上药不就是要脱衣裳吗，你这般惊讶是为何？"

"嗯？"裴轻这才反应过来，她竟是想到……瞬时觉得羞臊得很，她拿着药膏却不肯靠近，"要不，还是叫楚将军来替你上药吧？"

这打仗受的伤，想来还得是打仗的人更明白怎么上药最舒适。

萧渊皱眉："我让他当将军，不是让他成日往后宫跑的。眼下风平浪静，他再敢往后宫来，我就砍了他的腿风干了做成肉干喂狗。"

此时正在京郊大营盘点军库的楚离，重重地打了个喷嚏。

男人恶狠狠的语气还算有点用，裴轻拿着药膏走过去："楚将军待你多好，你为何总是凶他？"

纤细的手指沾了药膏，轻柔地抚在伤处。伤处痒痒的，萧渊随意地支起长腿斜靠在一边，手指玩绕着一缕她的长发："那我待你好，你为何还想拒绝我？"

说着，他顺势握住了裴轻的手："我不想吓着你，但轻儿，我忍不了太久。"

裴轻听出他话里的委屈，低着头不敢看萧渊的眼睛："我没有拒绝……我只是担心你的伤。"

"原来你是担心这个？"

裴轻没看见男人眸中闪过的得逞之意，只觉他的手伸进了自己的里衣，她瑟缩了下，却没有躲开。

萧渊得寸进尺地靠近，手已经在解她的衣裳，嘴里却假意

商量："既如此，那你再帮我瞧瞧？有一刀伤在小腹，也不知
对其他地方有无影响。"

裴轻果真立刻抬头，面上担心不已："什么地方？"

"一会儿你就知道了。"

萧渊低笑着吻上了她的唇……

"怎么了……"见他神色有异，裴轻轻声问道。

萧渊摇摇头，又亲了亲裴轻的唇，温柔一笑："我是在想，
现在该是那个病秧子嫉妒我了。"

裴轻不明白他怎么忽然扯这些，只道："先帝待我以妻妹
之礼，本就是你多心了。"

萧敬待她以妻妹之礼？哪个男人会为了妻妹退让到把命都
搭进去。世人艳羡裴绾，不过是觉得萧敬不忘发妻，用情至深。
然而那情究竟是男女情爱，还是愧疚怜悯便不得而知了。

不知过了多久，裴轻累得昏昏欲睡，半睡半醒感觉又有人
在舔她。

"轻儿，别睡好不好？"

任凭裴轻性子再谦恭有礼，此时也不想搭理身旁之人。

她扭捏了下，软软地拨开他的手。

他低笑："那你陪我说说话。"

裴轻点点头，红着脸要起身。

萧渊一把拉住她："做什么去？"

裴轻被他拉了回来，还坐到了他腿上，他这才清楚她为何急着下床，但转念一想，她是不是不想？

男人的手试探地抚上裴轻平坦的小腹，问："你……是不是不想有孕？"

裴轻一怔："什么？"

萧渊自顾自地说："帝王家儿子多了也不是好事，不生便不生，有萧稷安一个也足够了。"

裴轻安静了片刻，坐在他怀里又想了片刻，还是觉得他定是误会什么了。

"我没有不想。"她捧起他的脸，认真地看着他的眼睛，"为皇家延绵子嗣，开枝散叶是身为皇后的本分，是应当要做的事，我都明白的。"

"这我这里没什么应当不应当，裴轻，我绝不逼你。"

他拿命换来与她共度余生，绝不让她像裴绾那般难产而亡。与她比起来，生不生孩子又算得了什么。

裴轻听了这话心里软成一片，眼里又泪汪汪的，她不自觉地钩上萧渊的手指，小声说："我愿意的，若是能再有一个像稷儿一样的孩子，我当然百般愿意。"

却没想萧渊蹙着眉，欲言又止。他的军营里全是男人，从小男童到大糙老爷们他没一个看得顺眼，每日就知道吵吵嚷嚷，简直是看在眼里烦在心里。

"怎么？"裴轻问，"你不喜欢稷儿吗？"

萧渊摇头，特别真挚地告诉她："我想要小公主。裴轻，给我生个乖巧听话的公主可好？"

看他一脸严肃，裴轻还以为是什么大事，听了这话她没忍住笑出声来，主动圈上他的脖子逗趣："倘若公主不乖巧不听话呢？"

"那我也喜欢。"萧渊抱着她，"我定让咱们的女儿过得恣意洒脱，不让她吃半分你曾吃过的苦。"

萧渊登基，裴轻正位皇后，但裴家却是满朝文武百官中最战战兢兢的。想是谁在新帝登基第一日便被叫去御书房冷落着，都是要惊出一身冷汗彻夜难眠的。

萧渊只是凉凉地问了几句，裴之衡裴老爷当日回去便发卖了最宠爱的妾室，连同那个只会惹事的庶子裴城也被送去软禁在了乡下庄子里。

曾动辄打骂欺辱自己和姐姐的姨娘落得凄惨下场，裴轻面上虽未表现出什么，却也是于夜深人静之时，跪在姐姐灵前说了一宿的话。

身为皇后，权柄再大，仍不可处置母族之人，一旦落人口实，便担不起"母仪天下"四个字了。所以她不止一次地想过，那偌大的权柄拿来又有何用呢，到头来，也唯有"算了"二字作为释怀的借口。

只是裴轻未想到，他竟都记得。

萧渊扯过被子裹住她，见她又要哭了，调笑道："怎么，现在才知道我的好？我就是太善良，才被那个病秧子拿捏至此。"

虽是逗她一笑的随口之言，但这话从萧渊口中说出来，还是让她心中难受。

裴轻起初一直不明白，但待萧渊登基后，她终于明白了萧敬对她说的最后一句话。

"裴轻，也容朕自私一次吧。"这句话时时回荡在她心中。

萧渊登基后，繁杂诸事一件接着一件，处处都是棘手的烂摊子。朝内有大臣要处置，亦有大臣要安抚。而朝外，更有叛军余孽潜逃四处，作乱民间。再远处些，还有列国虎视眈眈地盯着，就等着新帝继位腾不出手，他们便可趁机作乱。

一切的一切，都因那道遗诏而转嫁到了萧渊肩上。令他一个本可以回南川安逸度日的闲散王爷，变得日理万机，背负着沉重的江山社稷。

如此，才使得稷儿能在后宫安乐成长，不必担心成为众矢之的。

裴轻渐渐明白萧敬口中的自私是为何意。

当皇帝未必就是天下第一得意事，他不愿萧稷安去完成他未完的抱负与雄图霸业，最终落得重病缠身的下场。

他以裴轻为饵，诱萧渊永远留在皇城，代替稷儿成为这笼中之兽。

他笃定萧渊会答应。

萧敬的筹谋从不会失算。

只是他也有未筹谋到的，譬如裴轻……

萧渊在裴轻面前越是云淡风轻，她心里便越像被人揪住一般难受。她不知该说什么，只将脸埋在他颈间，悄悄亲了亲。

然而久经沙场之人最是粗中有细，软软的唇覆上来的当下，男人的手便已开始游走起来。

裴轻直起身子娇声问："做什么呀？"

"天地可鉴，是你先偷亲我的。"萧渊抱着她调整了姿势。

裴轻不肯承认："我才没有。"

此时的萧渊什么鬼话都说得出来，他从善如流道："好好，是朕先招惹皇后的。公主要紧，皇后可愿再委屈一下？"

要做就做，他竟扯到女儿身上，裴轻一把捂住他的嘴："你浑说什么呢！"

萧渊被逗笑，拿下她的手："要堵我的嘴，得用这儿才行。"

说着他便吻了上去，深情又强势。

夜还很长。

寒宁宫旖旎一室，昭示着地久天长。

前尘篇 · QIANCHENPIAN

第六章 /
初遇

·
·
·

　　裴轻是哭着从裴府侧门跑出来的。

　　刚及笄的少女，身上只有一个瘪瘪的包袱。她一路擦着眼泪往城外走，顾不上路上行人纷纷投来的异样目光。

　　她想去找母亲。

　　裴轻哽咽着，出了城便往景山上去。每次在家中受了委屈，她便会去找母亲，看着母亲的牌位，亲手为母亲上一炷香，念着以往同母亲和姐姐在一起的日子，再大的委屈也能咽下去。

　　但这次，她不想咽下，也不想再回裴家了。

　　往山上走的路上，她闻着山间林叶的清香，心思平复了几分。没了母亲，就等同于没了父亲，为裴家生了儿子的姨娘把持后院，庶子庶女无不锦衣玉食，比她这个嫡出次女不知风光了多少倍。

裴轻不愿计较这些，她答应过母亲，要过得舒心。所以她从不把父亲的漠视和姨娘的凶蛮放在心上，亦不管庶弟庶妹去她房里抢了多少东西，她从来只安心看书写字，最宽心的事便是每月与姐姐的书信。

姐姐身为皇后，日子过得定比她好。只要想到这里，裴轻便觉得高兴。况且自姐姐嫁入宫中，她在裴府的日子也好过了不少。偶尔几句难听的话入耳，她也权当没有听见。

直到姨娘做主，要将她嫁给一个老员外做继室夫人时，一向没什么脾气的她断然拒绝了。父亲虽是国丈，但先前也不过是个五品官，即便姐姐登上后位百般受宠，陛下并未爱屋及乌地赐予裴家高官厚禄。

依德才论官职，这是前朝事，与后宫无关。

尽管如此，还是有络绎不绝的人来与裴家攀亲结交，结亲便是其中最常见的伎俩。家中适龄的女儿只有她与庶妹两人，姨娘打着庶妹出身低微的幌子，一脸慈爱地在父亲面前忍痛割爱，将高嫁之路"让"给了裴轻。

老员外虽年迈，还死了两任妻子，但诚意十足，来裴家求娶承诺一定给裴家女儿正室夫人的名分，且聘礼无数，日后整个员外府都任凭新夫人打理。

　　能让其如此豪掷千金的由头，除了裴家出了一位皇后的泼天荣耀之外，便是裴轻的美貌了。

　　自古便没有妾室出门上大宴的规矩，即便姨娘在府上百般得宠，但只要出了府门就无人会高看一眼。母亲过世后，姐姐作为嫡长女，便可应了帖子前去各府席宴。那时候，姐姐总会带着她，这是她们为数不多可以不用看人脸色的日子。

　　区区几次，大裴小裴姐妹两人的倾城容貌就家喻户晓。当初陛下要给姐姐后位，立时便在朝中惹出不少非议。当今圣上年少登基，多年来治国有方，是当之无愧的明君圣君。

　　陛下不好色，后宫也冷清。但裴家的女儿竟能勾得这样一位君主破例立后，当初不知有多少人眼红嫉妒得捶胸顿足，大骂裴家姐妹是狐狸精，红颜祸水。

　　尽管那些话难以入耳，裴轻却是高兴，有了陛下做姐夫，便再无人敢欺负姐姐了。后来每每通信，她都能从字里行间感受到姐姐过得很好。高兴之余她也羡慕，更大胆地想着会不会有一日，也会有位如意郎君，风光大娶，救她于水火。

　　只是没想到，等来的不是如意郎君，而是一个年近古稀的老员外。

　　父亲铁面，姨娘还欲软禁她逼嫁。裴轻第一次在家里撒了泼，哭着颤抖着顶撞了父亲，脸上挨了重重一巴掌。她不知自己哪儿来的勇气，竟径直冲回屋子草草收拾了便离家出走了。

天色昏暗，母亲长眠的寺庙也要到了。

冷静下来，她意识到自己遇到了难处。今夜要住在哪里？日后又怎么办？

心思又乱了起来，但她横竖知道，姐姐即将临盆，不能让姐姐知晓这些平白操心。

以往跪在母亲牌位前说了许久的话之后，就会觉得心里好受许多。

但这次却越说越哽咽，不能见母亲，亦不能去找姐姐，更不能就这样回到裴家。断断续续的哭诉，惊动了常年在此修行佛道的师太。

"小施主。"

身后传来声音，裴轻连忙起身，双手合十向她行了礼："静修师太。"她眼睛还红红的，"是不是我吵到了您了？您能允我将母亲牌位供奉于此已是仁义，我……我今日是……"

只见师太淡淡一笑："并非是吵到何人。只是听见小施主哭得伤心，想来令堂若是还在，只怕是要心疼坏了。"

提及母亲，裴轻的眼泪便落个不停。

"家事难断，既不知你所遇何事，便不劝你大度原谅。望小施主明白，苦难向来是与福道相伴相生的，绝境之时，亦是新生之际。勿恼勿殇，且往后走走看。"

裴轻怔怔地听着师太所言，似懂非懂地点了点头。

师太怜爱地摸了摸她的头，又看向她脚边的包袱。

裴轻也低头看了眼，忽然想到了什么，她有些难为情地开口："师太，今夜可不可以在此——"

只是话还没说完，外面便传来了吵嚷声，有位小师父匆匆走了进来："师太，有个孩童发了癔症，我们几个不知该如何是好，还请师太快去看看。"

"是出了什么事吗？"裴轻仔细听了下，后院都是禅房本该安静，现在却传来许多孩子的声音。

"近日庙里收留了些逃难的孩子，他们同父母走散，亦不知该去哪儿，十几个孩子挤在后院那三间厢房中，也着实是委屈。小施主方才想说什么？"师太问。

"哦，没……没什么。"裴轻听着那声音尖锐，虽有些害怕却也还是说，"要不我也去帮帮忙吧？"

师太一笑："不必了，小施主，其他孩子倒还好，就是有个小女童时不时会发癔症，抽搐寒战，须得服药才可缓解，你去了也帮不上什么。天色已晚，你回去时多加小心。"

"是。"裴轻目送师太和小师父离开，轻轻叹了口气。

本想求得师太在此住一晚，明日再走，眼下看来她留下反而会添乱。

裴轻从寺庙出来，有些茫然。

外面漆黑一片，她有些不敢走。可也知道不应在此久留，裴家若是派人来抓她回去，最先找的地方就是这间寺庙了。

尽管心里害怕，她还是走上了下山的路。她一边走，一边想着，深夜宵禁，各处城门已然关闭，此时应该有不少官兵在巡夜，若是看见她，少不得要盘问一番，若是就此被送回裴家那就糟了。

正皱着眉思虑万千，忽然山间传来怪异的叫声，裴轻当即脚步顿住不敢多动一步。

是狼吗？还是虎？

总之不是人的声音。

又是猛烈尖锐的一声，裴轻浑身一颤，忙拎起裙摆朝着与声音相反的方向跑去。山间没什么住户，放眼望去也只看得屋舍残垣，不知是被烧了还是被砸了，总之损毁严重。

　　裴轻跑了进去，躲在院中的墙角，紧紧抱着怀里的包袱绝不敢多出一丝声响。

　　那怪异的叫声不断，似乎还更近了。

　　极度的害怕让少女眼中再度噙满了泪。她只是不想被逼着嫁给一个老头儿，不想成为裴家获名获利的棋子才跑出来的，这有错吗？难道今夜她就要这样被凶残野兽撕扯吃掉吗？

　　越想越害怕，越想越委屈，漆黑的墙根下，传出了难以隐忍的呜咽哭声。

　　忽然，背靠的墙像是被人踹了一脚般猛地颤了下，颤得裴轻心里一抖，紧接着头顶似有什么东西飞过。裴轻闻到了难闻的血腥气，还未反应过来，只听一声闷响，她眼前便多出了一个人。

　　那人一身黑衣，离她极近。灼热的呼吸喷洒到她脸上，她的心倏地收紧。

　　她感觉得出来，是一个男子。

　　"我……我没有钱。"

　　黑夜之中，危墙之下，传出了微颤的女声。

　　近身的男子手撑着墙，久久不动，裴轻亦不敢动，他生得高大，足以将她整个人都罩住。

听闻此言，耳边竟传来一声低笑。但这一笑，裴轻便听出此人很年轻，她微微侧头，这才看见他的侧颜。

这人……应该很好看吧。只一眼，她便生出这种想法。他鼻梁高挺，轮廓分明，连唇形都恰到好处。

下一刻，裴轻对上一双黑眸。

目似朗星，俊逸绝伦，大抵便是如此了。

而看到裴轻的第一眼，少年亦是怔住。

这脸蛋怕是还没他一个巴掌大，肌肤白嫩唇色殷红，那双眸子灵动又勾人，眼下还噙着泪，哭得可怜巴巴，像只小兔儿。

如此仙女般的人儿，怎么跑这儿哭来了？

得哄哄才是。这是萧渊初见裴轻时的第一个念头。

若非他闪身快，方才翻墙而入恐就是要踩到这颗圆圆的脑袋上了。只是往旁边闪身扯开了伤口，腹部疼得不行，愣是撑着墙好一会儿才缓过来。

不承想就被当成了打家劫舍的贼人？

裴轻不知他那笑是什么意思，以为是他不信，忙说："我可以把包袱都给你，只要你……别伤害我。"

她连说话的气息都是柔柔香香的，香得人有点听不清声音了。萧渊轻咳一声，往后撤了一些。

裴轻见他不要包袱，还浑身血腥味，心头满上恐惧："我看了你的脸……你不会放过我的对不对？"

哭声就这样慢慢大了起来。

"可是，是我……是我先来这里的，我也不是有意看到你的脸……"她泣不成声，"我还没同姐姐告别，还没看见小侄儿出生……"

萧渊本就疼得不行，耳边不停地传来呜呜咽咽的哭声，他正欲说话，只觉喉头一甜，瞬时一口鲜血吐了出来，溅到了裴轻的手指和衣衫上。

"你——咳咳咳，别哭了，我不是坏人。"

这话说出来他自己都不信。

然而为了哄眼前人，少年厚着脸皮解释："我是来逃难的，咳咳，受了伤才一身血腥味，这血是我自己的，不是旁人的。"

"真的？"她怯怯地朝他手捂着的地方看去，"你都受伤了，怎么还要翻墙？"

"万一这破屋子有人，还是官兵的话我不就被瞧见了吗？我只想安安静静在这儿歇息一晚就走，这才翻墙。"

萧渊说得真挚，裴轻点点头，他刚松了口气，却见那豆大的泪珠又簌簌地滚下来。

大惊大惧过后，裴轻抱着包袱哭了个痛快。这眼泪中既有在家里受的委屈，有无家可归的无措，亦有遇到一人能在这充满怪叫的黑夜中与她做伴的欣慰。

"哎，你怎么又哭了？是不是我说错话了？"

裴轻肩膀一耸一耸地摇头。

"那你到底为什么哭啊，是不是有人欺负你？不是我吧，我……我应该没欺负你吧？"萧渊有点不确定，是不是因为刚才离她太近了？

听说北方的女子家规森严。只是他猜不到的是，除了母亲和姐姐，从来没人这般问个不休，问裴轻为什么哭，问她是不是受了欺负。

正在少年琢磨着她会不会就这样哭死过去时，裴轻哭累了。她擦了眼泪，安安静静地缩在墙角。

两人无话，还有点尴尬。

忽然又是一声怪叫，裴轻忙看向萧渊，眸中害怕不言而喻。

"是野猪的叫声。"他动了动，坐直了些，尽量不扯到伤口。

裴轻放下心来。

她坐在另一边，静下来后，她悄悄地看他。

即便是在夜色之中，也看得出他面色苍白。萧渊闭着眼，说："你们北方的小娘子，都爱这般打量人吗？"

裴轻面色一红，道："我尚未婚嫁，如何就成什么娘子了，你不要乱叫。"

萧渊睁眼："在我们南边，刚出生的女婴都可叫小娘子。你们这边叫什么？"

裴轻说："我们这边凡是未成亲的女子，都叫姑娘。你家在南边，为何来北方？是家里遭了灾吗？"

萧渊笑了下："算是吧，一群人抢我的东西，我嫌烦就跑了。结果他们不依不饶地追我，我就跑来了这边。"

"那你的伤，也是那群抢你东西的人所为吗？"

"嗯。"

裴轻蹙眉，语气严肃道："那他们也太不讲理了。"

这样听起来，两人算是同病相怜。

萧渊没想到她竟还打抱不平起来了，仿佛刚才哭得昏天黑地的人不是她一样。

"我叫萧渊。"

突如其来的自报家门，让裴轻有些吃惊，但他看着的确不像坏人。

见她犹犹豫豫，萧渊觉得有意思："不想说便不说。萍水相逢，有个美貌的姑娘记得，也是美事一桩！"

"我叫裴轻。"

她望着他，语气温柔："裴回轻雪意，你这样记就好。"

此后的很多年，每每夜深人静落雪之时，萧渊便会想起这句"裴回轻雪意"。

一夜过去，清晨鸟儿的叫声唤醒了睡梦中的人。

梦里母亲和姐姐知道她受了委屈，特意来接她。握上母亲手的那一刻，裴轻万般心安，一时激动便哭得更厉害了。日子过得太久，她就快要记不清母亲的样子了。若是只能在梦里遇见，那她情愿这梦一辈子都不要醒。

可她还是醒了，鸟儿的叫声不断，她缓缓睁开了眼睛。

"醒了？"

裴轻一惊。活了十五年，头一次睡醒时身旁有个男子。

"小娘子醒了的话，可否松开在下的手？"

裴轻听了赶忙低头，自己竟然紧紧地握着他的手。

她赶忙松开，支吾道："对……对不起，我以为是……"

"无妨无妨，你不必解释，梦见了你的情郎，错把我的手当成了他的手呗。"萧渊听了一晚上的哭唤，大概也明白这小兔同他一样，从小没有母亲在身边照料。昨晚听她呓语，本想叫醒她，没想被一把抓住了手，不知怎的，他莫名就是没有挣脱开，任由她握了一晚上。

"才不是，你别乱说。"裴轻耳朵红红的，"我可没有什么情郎，也不是什么娘子……"

"你为何就是不喜欢这称呼？"萧渊支着下巴。

"在我们这里，娘子都是……成亲后自己的郎君才能叫的。你这样唤我，会让人误会的。"裴轻低着头，看见自己手上的血，才想起眼前之人是有伤在身的。

她指了指萧渊的腹部，问："你的伤好些了吗？"

"死不了。"僵坐了一夜，他起身时有些不稳。

"要不，还是去医馆瞧瞧吧？"裴轻跟着起身，见他身形不稳本欲扶一把，可一想到男女授受不亲，她又把手缩了回去。

于是萧渊的手僵在了半空。

他嗤笑一声："昨夜你可没这么矜持啊，攥着我的手不放，还又哭又闹的，让我一个受了伤的人彻夜未眠。"

裴轻有些难为情地看着他。

"罢了罢了，你别再哭了就成。"他捂着伤处，往山下走。

下山的大路只有这一条，裴轻跟上来，在他身后小心翼翼地说："受伤需要静养，你这样又翻墙又走路伤势会更严重。还是去找个郎中看看吧。"

萧渊头都没回："我一个逃难的，哪有银子找郎中看伤，忍忍就过去了。

"我有钱……"身后又传来小小的声音。

少年脚下一顿，回过头来，幽幽道："你昨晚不是说你没钱吗？还让我翻找你的包袱。"

"有一点的，没放在包袱里。"裴轻说，"也够看诊了。"

萧渊上上下下打量了一番，目光毫不避讳地落在了她纤细的腰身处，问："你把钱放身上了？"

那目光直白又灼热，裴轻不由得后退两步，眸中警惕。

萧渊一噎，这是又拿他当贼人了。女人的脸还真是六月的天，说变就变。

"你先别急着防我，倒是看看那钱袋子还在不在。"

听了这话，裴轻有些疑惑，可当着他的面也不好查看，只得背过身去，在腰间摸了摸，还仔细翻找了下，竟真的没有找到钱袋子。

她不可置信地转过身来，萧渊挑眉。

昨夜翻墙落地之时不小心碰到她，那腰细得他一只手都能握过来，纤软至极，若是有银子这种硬物不可能感觉不到。

贴身钱袋子被偷了都全然不知，竟还想着施舍给旁人看病，这么出门还不得被人卖上八百回。

裴轻无措地站在那里，眼眶又红了。萧渊赶紧开口："别哭别哭，我可没拿你的钱袋子，我若真拿了何必说出来，偷偷走掉便是。"

这话倒是真挚又有理，本来钱就不多，这下一个子都没有了。离家的第一日怎的就落到这般田地？

"你昨日都去了哪里，是不是去了人多的地方？"他走近问道。

裴轻点点头，说："我从家里出来时街上集市未散，我穿过集市出了城，便径直上山去寺庙给母亲上香了，路上没有碰到别人。"

敢情是一出门就被人扒了钱袋子。

看她又茫然又委屈，实在是越看越像只被人偷了吃食的可怜兔子，萧渊一个没忍住就笑了出来。

这一笑后果可就严重了，裴轻不敢相信天底下竟有这般幸灾乐祸之人，竟当着面就嘲笑起来，亏她还想用自己的银子给

他看伤。

她气不过，推开这挡道之人就往山下走。

"呃——"萧渊胸口的伤被人猝不及防给按了个正好，这猛一下疼得他冷汗都冒出来了。

裴轻看他脸色都变了，也怔住："弄疼你了吗？抱歉，真的抱歉。我……"

萧渊咳了几声，总算缓过来，身上疼得厉害却还在那里笑："你若真觉得抱歉，就扶我下山用个早膳如何？"

被自己误会了两次，还被推了一下的人要管自己的早膳，让裴轻有些愧疚。

不分青红皂白就怀疑别人，怎么还能有脸接受他的早膳？可肚子悄悄叫了好几次，她也实在是饿了。羞愧使然，下山的一路上裴轻格外细心地扶着萧渊。

"慢一点，这里石阶有些窄，当心摔着。"她声音柔柔糯糯，引得萧渊低头看她。

她正认真地低头盯着脚下，这样看过去，只能略看到半张脸蛋。发丝香气萦绕，被她的手轻轻扶住的地方有些痒，心头也有些痒。

许是感受到了他的目光，裴轻侧过头来，他立刻别开视线。

"是不是伤疼得厉害？要不还是先去看郎中，再吃早膳吧。"她认真道。

本是关心他，可他看见这般认真便想逗她："我身上的钱也不多，去医馆和吃早膳只能选一样如何是好？"

"当然得先去看郎中。"她没多犹豫，"银子总会再有的。"

"听你这意思，你赚过银子？"萧渊随口一句话就戳穿了某人。

"我可以学，我能识字，会理账，还会洒扫浆洗，总不会饿死的。"裴轻不知哪儿来的笃定。

"算了，不去医馆，咱们换个地方。"到了山脚，萧渊指了指不远处的一处铺子，裴轻看过去，是一家当铺。

"你在外面等我，我很快出来。"萧渊将她安置在当铺外面。

"为什么？"裴轻抱着包袱，"说不定我这里也有可以当掉的东西，可以让掌柜的看一看选一选。"

"你这贴身包袱能给人随便翻的？里面就没几件小衣里衣的？"他大剌剌地一问，臊得眼前姑娘满脸通红，女子小衣怎可随意挂在嘴上说呀。

萧渊趁机长腿一迈就进了当铺，裴轻在外面没等多久就见他出来了。

裴轻好奇地问："你当自己的东西怎的这般痛快，不会不舍吗？"

萧渊一笑："谁说我当是自己的东西，路上随手捡了个玉扳指还换来好几两银子，这下可以痛快地吃早膳去了。"

他顺手握住裴轻的手腕，将人带进了当铺对面的客栈。

清晨时分里面没什么人，唯有一个老板娘正将算盘打得啪啪作响。一瞧见有人进来，她立刻喜笑颜开："哟，两位客官，可是来用早膳的？"

"有劳掌柜的，给做些清淡的膳食才好。"

"好好，我们家的百合桂圆粥可是一绝，配上小菜，包管您吃得满意！来来，这边儿坐。"老板娘一走近，一眼便看到了裴轻衣衫上的血迹。

"哟，这小姑娘怎的这般大意，来来，快随我去收拾收拾。"

裴轻茫然地被拉了起来，老板娘低声问："是不是身子不爽利了？可不能这样上街去。"

这么说了裴轻立刻脸红，支吾道："不……不是的。"

小姑娘脸皮薄，老板娘是过来人，笑着将她往楼上牵："好好，不是就不是，但你这裙子又是土又是血的可不好再穿了不是？来，随我换身衣裳去。"

虽素不相识，可裴轻被一只温热的手牵着，只觉一股暖流划过心底。

"喏，都是往日做姑娘时穿过的衣裳，舍不得丢，这花色如今也不适合再穿了，你啊，擦擦脸，再把衣裳换上。"

裴轻心怀感激，却也不好意思平白收人东西。

可还没等她开口，房门就已经被关上。她愣了愣，只好乖乖按照老板娘的意思，用温水擦洗了下，然后一件件穿上了干净的衣衫。

她仔细将旧衣裳叠好，刚打开房门就看见正欲敲门的萧渊。

他手上不知端了碗什么东西，还在冒着热气。

萧渊的目光落在她手上的衣服上，有些迟疑："这个……是我的血吧？"

裴轻起初还没听明白，当然是沾的他的血，难不成还能是她的血？好端端的她怎么会流血——想到这里，她立时羞得不行，这人怎么什么都问。

萧渊见她耳朵都红了，自以为明白了什么。他把手里的碗往她面前一送，说："那你趁热把这热汤喝了，里面放了姜和甘草，还有……还有什么来着，总是掌柜的说喝了就不会腹痛。"

是乌药，裴轻知道。以往疼时，姐姐便会给她煮这个汤。

没想到离开姐姐身边，离开家，竟还能有这样一碗汤药热腾腾地送到眼前。

她接过来一饮而尽，末了抬头，软软地说了一句"谢谢"。

再下楼时，客栈的大堂里已坐了不少人。

他们三三两两地坐在一起，桌上的清粥冒着热气，几样小菜摆在一旁，伴着言谈说笑，诉着人间烟火气。这时掌柜的也来了堂前，夫妇二人一边上菜一边同客人热络地打招呼，这样看着，像是在招待着自亲戚。

裴轻看了看身上的衣裳，大概明白了为何这家店自清晨便生意兴隆了。原本只有银钱的买卖，被素不相识的情分给焐热了。若有可能，她也愿常来这里。

世间还是好人多，萍水相逢之人待她都比家里人待她好。

吃过早膳，老板娘又塞给裴轻几张饼，说："来来，路上带着吃。"

裴轻连忙婉拒："婶婶，不能再要您的东西了，平白拿了您的衣裳已经是受了很大的恩惠了。"

老板娘看了萧渊一眼："你看你家这小娘子多懂事。"

萧渊靠在一旁，朝着裴轻挑眉，满脸写着：这可不是我叫的。

裴轻正要解释，就见老板娘摆摆手："好了，一瞧就知道你们是逃难来的，年纪轻轻脸皮薄不好意思拿人东西。你都叫我一声婶婶了，那婶婶也告诉你，这人活在世上就是你欠我我欠你，相互帮衬的人情记在心里，这日子才过得下去。眼下是我帮你，若是哪天我这小店有了关口，你愿意来搭把手，我也感激不尽！"

裴轻满眼感激："婶婶心地善良，生意一定会越做越大的。"

"哟，这话可说到婶婶心里了啊，行，那就借你吉言。白日好行路，你们早些走吧。"

裴轻点点头，还庄重认真地朝老板娘行了个礼。

走出客栈好久，抱着饼的少女还在恋恋不舍地回头看。看得一旁的少年觉得好笑："你是不是头回出门啊，对着吃了顿早膳的客栈也能一步三回头。"

裴轻正沉浸在不舍之中，猛地被这句话搅扰，回头见萧渊一脸的云淡风轻，她又低头看了看手里的饼。也难怪他会如此，明明是自己花钱买的早膳，到头来恩惠却去了别人那里。

于是裴轻将手里的几张饼分开："给你。"

萧渊看了眼，一共也就三张，还递过来两张。

"你就给自己留一张？"

裴轻点头："我饭量小，这张饼能吃两日了。你受了伤，要多吃些，身子才好得快。"

"那两张也不够，要不你都给我吧。"他抱着胸，饶有趣味地睨着她。

"啊……"裴轻看他这人高马大的，想来两张饼也确实不够，于是把最后一张也包好，一并递给他，"那都给你吧。"

萧渊半分没犹豫地拿过来："谢了。那我们就此别过吧。"

裴轻怔了怔，没想到分别来得这么快。

"怎么，春宵一夜舍不得了？"

裴轻一惊，赶紧看看四周，见有人看过来，也不知他们有没有听见刚才的话，她后退一步同萧渊拉开距离。

"那就就此别过，你多保重。"她话说得很快，声音也小，随后便转身要离开。

"等等。"身后传来声音。

裴轻回过头。

少年大步走近，把三张饼一同塞到她怀里，说："我瞧了下，这饼太干了。"

说完头都不回便走了，连背影都写着——公子有钱，想吃什么吃不着？

裴轻一想，也是，他的玉扳指当了不少银子，接下来几日吃喝不成问题了。想到这里，她不由得蹙眉，自己竟还有闲心去操心旁人？

身上只有一个瘪瘪的包袱和三张饼，还不知能撑到什么时候呢。

即便如此，自己也不会回去的。裴轻一边想着，一边想将包好的饼放到包袱里，却未想忽然有个锦袋掉到脚边，她觉得那锦袋眼熟。

她捡起来打开，里面装着半袋银子。

这是……她倏地抬头，却已不见他的身影。

裴轻有些茫然地在街上走着，不知该去何处，也不知往后的路上还会不会遇到好心人同行。

冬日里的日头虽大，风却还是冷的，她拢了拢衣裳，朝着下一城走去。

沿途酒肆不少，亦有行色匆匆的商人和伙计。

她独身一人走在路上，引来注视纷纷。

裴轻感觉得到，不由得攥紧了手上的包袱。忽然腰后传来异样，她身子一僵，回过头来。

"姐姐……能施舍点银子吗？"

看着眼前的小童，裴轻松了口气，随即又有些怜悯。

女童身上穿着单薄的粗布衣裳，袖口衣领处都磨破不少，许是在寒风中待得久了，脸上皲裂，捧着破碗的手上全是冻疮。

可女童眸子很亮，黑黝黝地望着她。

裴轻想起了客栈老板娘的话——活在这世上都是你欠我欠你，将人情记挂在心里这日子才过得下去。

于是她笑了笑："你等等。"

说着，她便将包袱打开一个小角，拿出里面的锦袋，将一点银子放在了女童的破碗里。

"谢谢姐姐！谢谢姐姐！你一定好人有好报！"

可紧接着，便有很多的小乞丐围了上来，他们个个抱着破碗，伸着小手，可怜巴巴地喊着"姐姐"。一人一点点，原本沉甸甸的锦袋不知不觉间空了。

"没有了，我也没有银子了。"裴轻温声解释。

"哇，好香啊。"离她最近一个小男孩凑近闻了闻裴轻的包袱，"姐姐……你有吃的吗？"

他骨瘦如柴，满眼期冀又紧张。

此话一出，其他乞儿便像狗儿一般纷纷凑上来闻，甚至拉着裴轻的手，小心翼翼地摇了摇："姐姐，你行行好，可怜可怜我们吧！我们没有爹娘了，每天都好饿好冷……"

几只小手都又脏又冷，裴轻于心不忍，只好将包袱中用油纸包好的三张饼拿了出来，可刚拿出来，小童们便蜂拥从她手上抢了过去。

裴轻被吓到："你们……能不能给我留一块……"

可十几个孩子已经为了三张饼抢成一团，没人理会她这个好心人再说什么。

"哟，姑娘，你可真是心善。身上的银子饼子都分完了，瞧着你像是要出门，接下来的路可怎么走啊？"此时一位年迈的老妇人上前，握住了裴轻的手。

裴轻见老妇人满脸慈爱，方才的惊慌也缓了缓，只柔声道："多谢嬷嬷关怀，再往前就是莅城了，听说那里繁华，我总可以找到点营生养活自己的。天气冷，您快回家吧。"

老妇人惊喜道："姑娘你都会些什么？算账理事、浆洗洒扫可都会？"

裴轻点点头。

"哟，那可巧了。我老婆子也是出来给主人家物色女使的，我家老爷新娶了二夫人，正是缺人手的时候。你不妨来做个几日工，待银子赚够了在上路可好？这莅城说远不远，说近也不近啊，你这身无分文的哪里能赶路呢。"

裴轻觉得她说得有些道理，可又有些迟疑道："既然是做女使，真的可以只做几日吗？"

官宦人家也好，商贾人家也罢，既是要用女使，都是要长期侍奉的，这种到大街上物色，还只做个几日的倒是闻所未闻。

老妇人笑着点点头："以往自是不行的，这不是二夫人是带着身子进门的，着急用人伺候。天大地大，总归是老爷的子嗣最大，也不瞒姑娘笑话，大夫人的人，二夫人是决计不敢用的。宁可差我来街上物色。"

这么一说，裴轻就懂了。后宅女人的恩怨，家家户户大抵都是差不多的。

她这才点点头："那劳烦嬷嬷同二夫人禀明，我只做个五六日便要离开的。"

"好好，姑娘你可真是帮了老身大忙啊。来，我这就带你去见主家夫人。"老妇人指了指不远处的巷子，"穿过那条巷子便到了。也不是什么高门大户，姑娘不必拘谨。"

裴轻点点头，跟在老妇人身后。

但即将进入巷子时，身后忽然响起一道邪里邪气的声音：

"小娘子，可别被骗了。"

裴轻脚步一顿，回头看过去，正对上一双玩味的俊眸。

看到裴轻惊讶又欣喜的神情，方才看着她傻乎乎被骗想要呵斥的话，尽数咽了回去。

"你不是走了吗？"裴轻迎上去，手上还拿着空锦袋，"我……把你的银子用光了，但我很快便赚回来。我刚找到了一份活计，就是——"

裴轻回头，老妇人却已不见踪影。

"怎么……"

"你这就是传说中的被人卖了还帮着数钱吧？"萧渊戏谑，"你知道你跟着她进了巷子会是什么后果吗？"

他不等裴轻说话便已经握住了她的手腕，将人带了进去，裴轻看到了地上的东西，脸瞬时白了。

粗木棍、麻袋、帕子、绳子，甚至还有匕首。

萧渊捡起地上那块帕子，说："不用闻都知道上面有迷药，倘若这伎俩不灵，便会将你敲晕了装在麻袋里扛走。三五个壮汉等在这里，别说你是个手无缚鸡之力的姑娘，就算你也是个壮汉，也是双拳难敌四手。"

裴轻目中满是震惊，更有极度不解——为什么？

萧渊颇为无奈地指了指："你是不是不知道自己是个大美人？"

"生着这样一张脸蛋的婢女，你满天下去问问哪家的夫人敢用，给自己找不痛快吗？"萧渊说，"就连那群乞儿都同那老婆子是一伙的，分明是瞧准了你孤身一人，先是诓骗你的银钱干粮，等你身无分文的时候再给点甜头，让你心甘情愿地往火坑里跳。"

"那他们……要把我卖到哪里？"裴轻怯怯地问。

望着这张布满失望的干净脸蛋，那两个字竟有些说不出口，然而不说，她却根本不明白这世间人心有多险恶。

萧渊叹了口气，实话实说："十有八九是青楼。"

这两个字对于曾饱读诗书又是官宦人家出身的裴轻来说，只是听到，便已觉得不堪入耳，更别提要被卖入其中，还要日日衣衫不整地迎来送往……

眼眶倏地红了，她以为自己做了一回善人救济了那些可怜的孩子，紧接着又遇到了慈爱的嬷嬷施以援手，甚至以为往后的路也不会有多难走了。

竟没想到……原来有人可以如此面不改色、满眼笑意地做着那般歹毒的事。

她竟以为家中的姨娘和庶弟庶妹已是最坏的人了。若不是被及时叫住，恐怕这辈子就因为一次善念和轻信而断送了。

后怕，又百般庆幸，裴轻觉得自己极笨，强忍着不想让眼泪掉下来，却又压抑不住心中的震惊与惧怕，瘦肩一颤一颤的，连眼睫都已湿漉漉。

这模样落在萧渊眼里，简直可怜得不行。

"你……"他想了想，背过身去，"想哭就哭吧，我不看。"说着又用双手把自己耳朵给捂住，"也不会偷听的，你放心，只管哭你的。"

这样看过去，他整个人挺拔玉立，还能将她牢牢遮住，叫旁人瞧不见她此时身无分文又险些被卖的狼狈样子。

裴轻一忍再忍，还是没忍住。

萧渊只觉后背一热腰上一紧，一双细细的胳膊环上来，呜呜咽咽的哭声传入耳中。

即便隔着衣裳，也感觉得到他身体的灼热。曾经母亲的怀抱亦是这样暖和，她和姐姐一边一个抱着母亲，缠着她哼歌唱曲哄她们睡觉。有时被父亲训斥责罚了，也要去母亲怀里，听她温声轻哄，直至缓缓睡去。

只是那个会永远护着她哄着她的人再也不会有了。

眼泪将萧渊后背的衣裳浸湿了一大片，被她手碰到的伤处隐隐作痛，萧渊却感觉不到，只知道腰上背上酥酥麻麻，还热热的、香香的，叫他不敢多动一下。

刚告诉了她人心的毒恶，转眼就如此信任地抱着他哭，萧渊不禁有些头疼。

这还真是拿他萧渊当君子了。

第七章 /
一起

裴轻哭够了才放开萧渊。

看着他背后衣裳湿了大片，她抬手擦了擦，却也没什么用。

萧渊转过身来，见裴轻脸蛋上还挂着泪，可怜巴巴地说："把你衣裳弄脏了……"

"哭够了？"他问。

裴轻不好意思地点点头，声音还带着哭腔："你怎么来了？你不是……朝着另一边走的吗？"

他怎么来了，还不是担心兔子被人宰了吃了。

分离时刚转身他就后悔了，生着一张狐狸精的脸，偏又傻里傻气谁的话都信，就这样放任她一个人上路，准保还没到下一城就被人拐了去。

他一路跟着，果不其然就看见她一脸感激地被那老婆子给诓骗住。

"你这问得够早的，哭了快半个时辰才想起问这个。"他语气含糊，"我不想往北走了，改道往东，往苍城去。"

裴轻面上立刻漾起惊喜，可张了张嘴，又没把话说出口。

"救你的恩情你可别忘了，日后可是要还的。"少年说着便迈了步子，"我先走了。"

裴轻忙跟上去，他腿长步子也大，她都得一路小跑才能跟上。

她跟得紧，惹得萧渊最终停下步子，居高临下地睨着她："你打算像个小媳妇一样跟我到什么时候？"

裴轻被那三个字臊得往后退了一步，可没等萧渊说下一句话，她却又走了回来，一双干净的眸子真挚地望着他："我能跟你一路吗？我也往东走，咱们是顺路的。"

"跟我？"俊美少年挑眉，"可我喜欢一个人。"

"啊……"裴轻垂眸，"那就算——"

"但谁叫我现在有伤在身，急需一个婢女贴身伺候着。"

裴轻眸中一亮："我可以的，我什么都会做，我也很会照顾人！"

母亲病重之时，就是她和姐姐侍奉在侧，无微不至，却最终也没能留住母亲。若重来一次，她定竭尽所能，照顾好自己珍惜之人。

她百般殷切，像是生怕他不愿意。萧渊别过视线，不自然道："那就先伺候两天瞧瞧。"

裴轻欢喜地跟着他，那样子完全不像是个刚被人骗光了盘缠的人。两人往下一城走着，身边有道娇柔的声音时不时地问他饿不饿，伤口疼不疼，要不要慢点走，让萧渊十分受用。

"你往东是要去哪里？"他顺手拿过她手上的包袱往身上一背。

裴轻手里一空，有些愣住。

她说："还是我来拿吧，你身上有伤的。"

"我冷，借你包袱背着暖暖。"他看着已隐约看得见的苤城城门，"过了苤城继续往东，可就快到草原了。"

裴轻顺着他的视线看过去，有些迷茫。

"不如，就去草原看看吧。"她声音很轻，"反正我也没有可以去的地方。"

萧渊低头看她。即便不问，也大概猜得出，能让对生人说话都如此轻声细语的人离家出走，大概是受了天大的委屈吧。

到苤城时天已擦黑，趁着当铺还未打烊，萧渊一如初次那般将裴轻安置在外面等着。

"嗯，小公子这枚穗子倒的确是稀有之物，虽说样式简单，但质地不凡。"当铺掌柜的摸着小胡子，"公子真舍得？"

萧渊嗤笑一声："生不带来死不带去的，有何舍不得？我这还拖家带口等着填肚子呢。"

掌柜的了然一笑，正欲转身去取银子，就听见有道女声响起

"劳烦伯伯帮我看下，这支钗值多少银子？"

掌柜的一瞧，小公子身后探出一颗脑袋。小姑娘看着年纪不大，却生得极美，活脱脱的美人坯子，竟叫人看得一时愣住。

萧渊侧身，正好阻断了他的视线。

裴轻说："你身上的东西能当的东西本就没两样，我离家时走得急，只带了这支钗，不过它不是便宜物件，也能当一点银子的。"

萧渊一眼看穿她。那般匆忙都不忘这支钗，显然是珍贵之物。

他接过掌柜的递过来的银子，哄骗道："那等这些银子用完了你再当这支钗，省得后面没银子花。"

这话说得有理，裴轻还真像个听话的小女使："好。"

从当铺出来，萧渊把装银子的锦袋往裴轻手里一塞："喏，

好好管着，可别转眼又空了。"

这是在说她不该把银子都给那群乞儿，她也知道自己是善心大发得过了头，可那群小孩子瞧着实在可怜。若是再遇上同样的，她只怕也很难把他们都给赶走。

裴轻想了想，双手捧着银子还给他："那要不，还是你来管吧？"

"你见过哪家的公子还亲自管银子的？"他径直朝着最大的酒楼走去。

见他不接，裴轻只好仔细地收好银子跟了上去，问："我们要去哪里呀？"

萧渊朝着酒楼扬扬下巴："有银子了自然是挥霍去。走，带你去吃好吃的。"

傍晚的酒楼最是热闹喧哗，更别提这苍城最大的酒楼。刚走进去裴轻就被里面热闹景象给惊住，觥筹交错歌舞升平，肆意言笑着的人们个个红光满面，醉态百出。

裴轻不由得离萧渊更近了一步。

"哟，二位客官是来咱们长安楼吃酒的吧？今儿个可有上好的西域美酒，是我们掌柜的亲自运回来的，二位可要尝尝？"

"找个安静点的地方。"

"好嘞客官！您二位就尽管高兴地吃喝，若是醉了咱们这儿还有上好的厢房。"店小二看了他身上的包袱，"想来二位是从外城来的，这莅城啊夜里宵禁严得很，没法赶路，您就在咱们这儿好好歇一晚，明个儿一早启程正合适！"

"那来两间厢房。"萧渊说得豪迈。

"两间？"小二怔了下，这么般配的男女，居然不是一对儿？这可真是看走了眼。

裴轻悄悄扯了下萧渊的袖子，他回过头来，只见裴轻小声问："会不会很贵呀？"

那模样娇俏得紧，倒真像是精打细算的小娘子。店小二人精一样连忙道："不贵不贵，您二位又是吃酒又是住店，还是两间厢房，我们掌柜的自然要多多替二位省银子的！尽管放心就是。"

裴轻这才点点头："多谢。"

萧渊好笑地看着她："现在能去吃酒了吗？"

裴轻不知他笑什么，不过她也的确有些饿了，便有礼道："劳烦小哥带路。"

"哎，是是，姑娘客气了。"店小二走在前面，心里思忖着这难道真的不是小夫妻俩？可那公子连吃个酒都要问一声，难道不是被管得严了？

两人落座，刚点了几道招牌菜就见裴轻正眼巴巴地望着他，就差把"银子不够"写在脸上了。可有外人在，她也不好明说，萧渊会意地摆摆手："得了，什么西域美酒就不必了，再给这位姑娘上碗补汤就是。"

菜上得很快，色香味俱全，裴轻小口小口吃着，渐渐地，脸上有了笑容。

"好吃吧？"他支着下巴，看她吃得脸颊鼓起。

裴轻立刻点头。

萧渊戏谑道："好吃就都吃了，省得到了草原被风刮飞我还得找你去。"

裴轻一噎，赶紧喝了一口热汤压下去："我哪有那么弱不禁风。"

两人临窗而坐，街上的喝彩与叫好声吸引了楼上人的目光。裴轻惊奇地看着卖艺人又是喷火又是碎石，舞剑舞得出神入化，都顾不上跟眼前人说话了。

对面的少年立刻蹙了眉，不咸不淡地评价："就这点功夫还好意思出来卖艺。"

裴轻果然被吸引回来，说；"这还不算厉害吗？你瞧那人的剑速度极快，叫人眼花缭乱。"

"那个不难，我舞得比他好多了。"

话音未落，他得偿所愿地从她眼中看到了惊喜之色。

裴轻像是不信般地问："你也会舞剑？"

"咳，何止会舞。"萧渊坐直，"本公子这从小练起来的功夫，可不是旁人随便比得的。"

"那我们也卖艺好不好？"

"……什么？"

裴轻指了指街上那人拿着满满一兜子的碎银子，笑得好看极了。

酒楼之上，一个俊美年轻的公子，正面无表情地听着面前姑娘说话。

听着听着，就皱起了眉头。

裴轻顿了下，问："是不是……我说错了什么？"

萧渊语气不善："你这意思，是你也要去卖艺？"

裴轻毫不犹豫地点头："我会跳舞，也会唱曲子，还会弹琴的。不过我们一时寻不得琴，便算了。"

萧渊想都没想："不妥。"

裴轻微怔，随即解释说："我是想着，如今这样只进不出，光靠当东西是撑不了几日的。我们在富庶之地可以当东西和卖艺赚银子，待到了荒芜之地，没有当铺也没有那么多赏艺的人，便只有花银子的份了。"

说着，她看了看锦袋，温声劝道："趁着还有银子，明日先去找郎中给你治伤好不好？"

她软声软气，平白叫人发不出脾气来。虽从没问过，可看她的言谈举止就知并非真的女使，少不得也是小官家的小姐出身，如何能这样毫无顾忌地上街卖艺？若是哪日被有心之人翻出来，将来还怎么议亲？

议亲。

想到这里，他看了眼裴轻。

然而她却不知萧渊的思绪已与所谈之事相差甚远，见他似乎面色不悦，立刻想到气大伤身，他身上还有伤呢。

"我……就是同你商量，并非一定要这么做。横竖我还有一支钗，当了之后也能撑不少日子呢。"趁着汤还热，她盛了一碗放到萧渊面前，"这补汤没有药味，很好喝，你也尝尝。"

看她如此哄着，萧渊当知是心中莫名涌起的不悦被她看出来，他端起碗将她盛的汤一饮而尽，随后一笑："卖艺可以，可要怎么卖须得听我的。"

"好，听你的。"裴轻笑得温柔。

"也不必去什么医馆，我的伤我清楚。干脆明日一早咱们就找个地方，我卖艺，你就在一旁好好收银子。"说着还指了指街上那个拿着兜子收银子的人，"那人不老实，私下昧了不少，你——"

"我当然不会那样的。"裴轻连忙说，神色十分真挚。

萧渊笑她："本公子是让你看看他是怎么昧银子的，学着点，到时候用得上。"

裴轻不解，她这个收银子的若是昧了银钱，吃亏的岂不是他这个卖艺的？

夜色深了下来，裴轻当真在窗边看了半天，萧渊也陪着她看，直至裴轻自己困得打了呵欠，两人这才各自回了厢房之中。

可到了房中躺在床榻之上，裴轻却睡不着了。

她辗转反侧，一会儿下床去看看已经上了闩的房门，一会儿又坐起来瞧瞧紧闭的窗子。这是她第一次在裴府以外的地方过夜，离开了自己那间小小的屋子，在一个全然陌生的地方，尽管暖香宜人，她却没法真正入眠。

裴轻想到了裴绾，嫁入宫中坐上后位的姐姐。

那时她只顾着替姐姐高兴，现在想来，姐姐那时应该也是很难入眠吧。姐姐的寒宁宫她也去过一两次，里面样样都置办得齐全，冬日大雪纷飞之时用的都是金丝炭，暖和极了。

可惜每每去时，不是有嫔妃在请安，便是有各高门的夫人去拜见，想要像以往那般同姐姐躺在一个被窝里说私房话也成了奢望。即便是胞妹，也不可留宿皇后娘娘宫中。

就这样，她们便用书信代替。但算算日子，她们也有许久未通信了，自姐姐有孕，陛下便不让任何人打搅，只叫姐姐静养安胎。

想到这里，裴轻又有些欣慰。

姐姐能静养当然是最好的，姐夫的疼爱远比自己那些没什么用的书信有用多了。

裴轻闭上眼睛，带着丝丝羡慕入睡。

殊不知旁边的厢房之中，有人等着她这边彻底安静下来才熄了灯。那些细微的脚步声清晰地落在萧渊耳中，眼前甚至浮现出她小心翼翼检查房门的样子，吹熄了灯睡不着又起来重新点上，还险些打翻了烛台的样子……

少年懒懒地靠在床边，半睡半醒地听着隔壁的动静，直至天明。

清晨天刚蒙蒙亮，隔壁就传来细微的动静。

果然没一会儿，就有人轻轻叩门。萧渊打开房门，看到一张带着嫣然笑意的脸，好看得令他心头一颤。

她手里拿着已经收拾好的包袱，一双美眸含着雀跃，根本不像是要去大街上卖艺求生之人，想来就更不知道这艺也不是那么好卖的。

但看着她兴奋的模样，少年还是没把话说出来。

"走吧。"

出了酒楼一路向东，沿街除了早起出摊的早膳铺子，尚未有太多人。裴轻乖巧地跟在他身边，指了指一处宽敞的空地，问："这里好不好？"

萧渊挑眉，地方不错，正对街口，临近晌午之时来往的人定然络绎不绝。好归好，但萧渊说："这地方不成。"

裴轻正想问为何，但转念一想便明白过来，这么好的地方定然早就被人盯上了，如此绝佳的位置，只怕不管谁拿到都会引来红眼与嫉妒，初来乍到，当然不好太过显眼。

"那就再找找。"

两人一直沿街走着，渐渐出摊的人就多了起来。直至走到一处打铁铺子，萧渊才停下脚步。裴轻看过去，铁匠铺里只有一位老人，铁烧得红透，每一锤砸下去都火星四溅。

见到有人在摊前驻足，老人倒是没急着上来招待，随意道："喜欢什么随便看，价钱好商量。"

裴轻忙回答："好，谢谢伯伯。"

温婉的声音，引得老头儿又抬头看了眼。如此乖巧有礼的小娘子，叫人看了就喜欢。不像她旁边那个，上上下下把铺子看了个遍，最后扔出一句："这些都不行。"

老人锤子砸得更重，眼看着火星子都有溅到萧渊脸上去了，他反而一笑："你这老头儿怎么不经说啊，生铁掺了铜，从一开始就不行。你就是砸到天上玉帝那去，也铸不出好剑。"

"要买就买，不买走人！"老头儿像被人戳到了痛处，恶狠狠地盯着萧渊，"你懂什么！"

萧渊也不恼："你这剑反正也没人买，送我一把如何？"

敢情在这儿等着呢。老头儿把锤子一扔，教训："年纪轻轻，脸皮倒是厚得很。"

裴轻忙拽了拽萧渊的衣袖，小声说："咱们还有银子的。"

老伯这般年纪还如此辛苦，让人看了于心不忍。然而萧渊摇头，又说："不送的话，借用一下行不行？我就在旁边舞两下，舞完还回来。"

铸剑辛苦，能被人用当然比挂在墙上蒙尘的好。满铺子的剑已许久无人问津，老头儿冷哼："自己取！"

裴轻惊喜道："多谢伯伯！"

老头儿面色缓了缓，说："你这个小娘子倒是有礼得很。"

裴轻面色一红："不是的，我只是婢女。"

老头儿眼睛一瞪，上上下下打量了下正在挑剑的萧渊，穿得破破烂烂还使婢女？萧渊正巧回过头来，穿得寒酸，却遮不住那股子纨绔傲气，那张脸生得俊美极了，不知道骗过多少未经世事的小姑娘。

见老头儿瞪他，萧渊晃了晃手中的剑："反悔了？"

未等老头儿说话，只见他一跃而起，棚顶传来一声闷响，老头儿和裴轻皆是惊讶一瞬，两人匆匆出来，就看见上面的人动作敏捷，手中之剑像是被施了法术般花样百出，他三两步腾空踩到树上，枯叶纷飞如落雪，引来了街上小孩子们的惊呼——

"快看快看！那里有个大侠！"

"哇，好厉害啊！"

童稚的声音接连不断，相互追逐的孩童们三五成群地跑了过来，引得大人们也纷纷往这边看。铺子前渐渐人多了起来。

裴轻眼见着萧渊从摊顶到高树，又从高树到屋顶逛了个遍，直到挤满了围观的人，他才懒洋洋地朝这边看了眼，将剑一收，脚步极轻地踩着棚顶而下，连她这个外行都看得出来，他轻功出神入化，薄薄的棚顶被踩了个遍却没有一丝裂缝。

"哎……怎么不舞了？"见萧渊收剑落地，立刻就有人出声。

然而萧渊也不说话，拉着裴轻就要走。

"大侠，大侠！"一群小童围了上来，"我们要拜你为师！你也教我们去房顶上舞剑好不好？"

裴轻看向萧渊，后者还是冷傲得不行。

"看来这位高人是不轻易出手的，我愿奉上重金，请大侠再舞一次！"人群之中，有一穿戴豪奢的贵公子从马车上下来。

裴轻正看着那人，忽然手腕紧了紧，她回过头来，萧渊冲她眨了眨眼。

虽未明言，裴轻却立刻明白过来。

她有礼地朝来者行礼："多谢公子抬爱，只是我家公子……"

那人看清裴轻的容貌，当即眸中一亮，如此美貌怎的做了人家婢女？原本只想一观高手武艺，下一刻那男子就变了心思。

"鄙人姓钱，姑娘不必多礼。我久居莅城，在这条街上不知见过多少卖艺舞剑之人，既是出来赚银子，他们必都身怀绝技。可今日这位公子的身手却是远高于过往所有人，想来世外高人不会为了区区银钱便卖弄武艺。"

钱公子走近，众人纷纷让开。

"不如就请公子与我的贴身护卫比试，若赢了，这锭黄金我双手奉上。"

那沉甸甸的黄金锭一拿出，众人惊呼连连，有些小贩竟是连生意都不做了匆匆跑了过来。

"不过若是输了，钱某也一并奉上此金锭，但……"他看向萧渊，"公子可否割爱，让我替这位姑娘赎身，让她跟我走？"

萧渊当即沉了脸。

出来卖个艺，居然也能碰上打她主意的狗东西。

裴轻没想到自己竟莫名成了赌注，旁人不知，她却知萧渊身上是有伤的，这个钱公子敢拿黄金做彩头，定然是对自家护卫极为相信的。那个护卫壮实如牛，一看就是身手不凡的练家子。

于是她想开口替萧渊婉拒，却没想萧渊笑了声："既如此，在场诸位不妨都下上一注，就赌谁能赢。"

"不行……"裴轻一脸担心地看着他，本只是想按他说的那般耍些欲擒故纵的伎俩，多引人来看罢了，如何就变成了当众比武？

这担心的模样，缓了萧渊方才生出的怒气。他温声道："没事，没什么好担心的。"

"可你还有伤呢。"裴轻拽着他的衣襟，一向温温柔柔的人儿居然也强硬起来，愣是不松手。

萧渊还是头一回见她这样，瞧着这小兔是以貌取人，拿他当绣花枕头了。

萧渊看了眼那高大壮实的护卫，唇角勾起——这种一看就是蛮力练出来的，就算让他一条胳膊他也赢不了。

萧渊摸了摸裴轻的头，随后挣开了她的手。

裴轻拧不过他，只能担心地叮嘱："一定要小心，不要强撑。"

"你怕不怕？"他问。

裴轻看着他的眼睛，摇了摇头。不知为何，她觉得他不会输，又不知为何，她相信即便输了，他也不会把自己交出去。

那壮汉护卫已经走了过来，粗声粗气，手上拿着一柄大刀。刀锋锐利薄如蝉翼，日光下却泛着骇人的银光。萧渊手上的那把剑已有些年头，剑身略发乌，刃口则已有些钝了。那护卫上前二话不说便是一刀砍来，刀风猛烈，吓得大人立刻捂住了孩童的眼睛，怕他们看到血淋淋的场面。

却未想那锋利的刀口砍到萧渊脖颈的前一刻，他后倾半寸，以手中之剑抵住了那砍来的一刀。"嘭"的一声，剑身被砍成两半，一半握在萧渊手中，另一半则掉到地上，沾了不少尘土。

孩童们哈哈大笑起来，原来大侠不过如此啊。

剑身断裂的一刹那，裴轻的心猛地提了起来，可萧渊竟笑了，还朝那护卫说了声："多谢！"

那护卫一愣，只见萧渊忽然眸色一凛，以断剑别住那柄刀，身形一闪从刀的另一侧直逼护卫身前，那护卫手中的刀难以挥动半分，眼见着那把只比匕首长不了多少的断剑，如毒蛇般侵袭而来——

"啊——啊！"被砍断的剑断口极为锋利，硬生生地划破了壮汉持刀的手腕，手筋当即翻出，大刀嘭地砸在地上，滴滴鲜血落在刀身。

这一见血便吓坏了不少人，那姓钱的公子面色不佳，护卫更是痛得狂怒嘶吼。他捂着自己的伤处怒目瞪圆，大喝一声猛地朝萧渊撞去。

众人惊呼，这一撞恐能把人五脏六腑都撞出来！

小童们惊奇地看见萧渊不紧不慢地理了理被血弄脏的衣衫，随后一脚蹬在土墙上腾空而起，从护卫头顶翻了过去。

那护卫受伤后便笨重不堪，不料对方身形轻盈敏捷，这一下撞空，整个人重重地砸在了墙上，整面土墙被撞得摇摇欲坠，还出现了裂缝，不待他回身，只觉后劲被一只大手捏住脑袋贴在墙上，他眼见着那把断剑朝着自己扎来，立时吓得尿了裤子。

残剑擦着他的鼻尖稳稳地没入土墙之中，仅剩一截剑柄留在外面。

"赢了，赢了！大侠赢了！"

"羞羞，这么大了还尿裤子！"

孩童的畏惧总是来得快去得也快，方才看见血后的害怕已经被抛诸脑后，一个个喊着大侠冲上去围着萧渊。

他被团团围住，眼睛却是看着裴轻的，见她又惊吓又欣慰，惹人怜爱。

见他有惊无险，裴轻望着她笑得好看。

萧渊朝她扬扬下巴："小女使，替本公子收银子去！"

裴轻这才想起还有正事未干，她拿着荷包走到那位钱公子面前，微微欠身："多谢公子的彩头。"

离近了看，便越被她的美貌所折服，奈何自家这护卫竟如此无用，他心有不甘地将那锭金子放到了荷包之中，本还想再多说句话，可她已经走开了。

　　一番热血又利索的打斗，争的还是黄金和美人，看得众人过瘾，纷纷挤上前去往荷包里放铜板和碎银子。一圈走下来，荷包满了又用布兜子，整整装了大半兜子。

　　热闹看过，午时也快到了，各家燃起炊烟。

　　饭食飘香，孩童们被大人牵着，恋恋不舍地离开。姓钱的公子输了金锭，连护卫的手也被废了，当着众人丢了脸面，却又不好当众反悔，只得愤而离去。

　　裴轻抱着布兜子回来："你看，我们赚了好多银子。"

　　萧渊觉得她那笑颜比银子可好看多了，他侧头看了眼老头儿："怎么着老爷子，你这剑卖不出去可怪不得旁人。"

　　老头儿看了眼那柄断剑，点了点头。

　　但无论如何，还是要多谢他能借剑一用。裴轻从布兜子里拿出些银子，递给老头儿："多谢老伯借剑。"

　　老头儿连连摆手："我老头子可不受嗟来之食，这些银子是你们赚的，方才那护卫可是下了死手，若非你家公子道高一行，别说是银子，保不齐他没了命，你也被当街抢走。快快收起来，露财招灾。"

他坚决不肯收，裴轻有些为难地看向萧渊。

萧渊觉得这老头儿话太多了，干脆走过去随便扯了块桌上的破布，又用黑煤铁渣在上面写了什么，最后草草一折，拿过来塞到老头儿手中，随后拉着裴轻就走，裴轻匆匆说了句"老伯再会"。

待拐入巷子，裴轻好奇地问："你写的什么呀？"

"铸剑法。"他说，"千金不换的东西就这么给了那老头儿，现下想起来有点亏啊。"

裴轻知道他是在玩笑，顺着他的话说："要不我们回去给要回来？"

"这有点难办。"刚出了巷口，萧渊便停下了脚步。

"为何——"话还没说完，就见一群面相凶狠的糙汉，三三两两地围了过来。而身后，也不知何时跟上来了一些三教九流的人，霎时变得进退两难。

"各位好汉，这大晌午的，诸位不去吃酒怎的在这儿等着？"萧渊笑道。

"吃酒？吃哪门子的酒！一上午的生意都被你们抢了，还大侠，今日便领教领教这是什么大侠！"

　　"哎哎，有话好说。"萧渊摆摆手，"这出来混口饭吃，抢旁人生意确实不对，不如我将今日的银子分给诸位，大伙都消消气。"

　　众人目光皆落在了裴轻怀里的布兜子，还有腰间坠着的荷包上。

　　那贪婪的目光令人不适，她不由得往萧渊身后藏了藏。

　　"你说真的？"

　　萧渊点头："自然是真的。"说着，他就要将裴轻怀里的布兜子拿过来，可那两只白皙的手抓得紧紧的，一下竟没扯过来。

　　"哼，我看你家这小娘子是很不晓得规矩！你若是管不好，兄弟几个替你管管！"

　　七八个壮汉立时哈哈大笑，好作势要上来。

　　裴轻吓得松了手，任由萧渊将布兜子拿走。

　　"还有荷包！"为首的大汉大喝一声，"别以为我们没瞧见那金锭子就放在荷包里！"

　　"没有……"裴轻小声地反驳，可一见他们人多势众，也只得将剩下的话咽了回去。她不甘又委屈地解了荷包一并递给萧渊，眼泪吧嗒吧嗒地落下来。

　　"小娘子哭什么，要怪就怪你男人没本事！抢别人生意就得有能逃命能护住银子的本事！"那人一边说着一边走到萧渊面前，"给我！"

"等等！"方才在一旁看戏的大汉瞪着眼走了过来，"凭什么给你？"

"屠老五你什么意思？他们抢了我生意，我把银子要回来怎么了？"

"他们也抢了我们的生意，街上卖艺的可不止你一家！这银子我们当然要分！"

三言两语，那些壮汉就为分银子而争执起来。

萧渊挑眉，瞅准时机将布兜子和荷包随便往面前的大汉怀里一塞，牵起裴轻就跑。跑出好远回过头来看时，那边果然还在闹哄哄地打成一团。

两人躲躲藏藏，在各条小道窄巷中穿梭而行，眼见着快到出城之处，两人才在一处破败的凉棚里坐下歇脚。裴轻从包袱里拿出一方白色锦帕递给萧渊："擦擦汗吧。"

萧渊拿过来，看见上面绣着一只兔子。他看了看兔子，又看了看裴轻，莫名就笑了。

裴轻不明白他笑什么，见他擦了汗，就要将锦帕拿回来，却没想他顺手放入怀中："这都脏了，再买一块。"

　　"可是……"裴轻没好意思说出口，这是她自己绣的锦帕，而且是贴身之物，怎么能被男子放在心口揣着……

　　萧渊显然看不出女儿家的思绪，问道："还剩多少？"

　　这话让裴轻回过神来，她不再纠结锦帕，而是从包袱里，还有自己身上拿出了不少锦袋，归拢到一起不用拿都知道沉甸甸的。

　　"还剩了不少呢。"她眸中亮晶晶的，"都是悄悄藏下的。"

　　剩下不少的银子，看来是昨日晚膳后学的那些尽数排上了用场。

　　"难怪你要我照着学那些昧银子的法子，原是早就料到赚了银子后会有人来抢吗？"裴轻把所有银子都归拢到一起。

　　"莅城富庶，就是因为人人眼里都只有银子，没有多年的博弈和争夺，不可能有街上那番平静的样子。咱们初来乍到没知会任何人一声就做起了生意，少不得是要惹上麻烦的。"

　　他看着她将银子一一倒出，忽然笑了声："你还挺懂行。"

　　剩下的都是些碎银子和铜板，相比起金锭银锭，这些花销起来最不会引人注目。

　　听了这话，裴轻一笑："将近一半都给了人家，我还以为你会不高兴呢。"是她没跟他商量一下，便擅自做主将金锭银锭都交了出去。

"这有什么可不高兴的，花钱免灾，剩下这些就可以安心使了。不然那群人眼红眼热的紧追不舍，少不得要打上几架。"

一听这话，裴轻立刻点点头，赞同得不能再赞同。

"话说回来，你装得还挺像那么回事。"萧渊看着她湿漉漉的眼睫，"不过下回要用嘴说，不许掉眼泪。"

裴轻想着，若是大大方方就舍弃了赚来的银子，一定会让那些人起疑心，万一他们要搜身，身上藏的这些可就被发现了。唯有百般不情愿却在敌众我寡的局势下不得不交，才最能令人信服。

殊不知萧渊看见她哭了，一副委屈至极的样子，让他险些没忍住地要出手。

"知道了。"她温声应着，又低头看了看怀里的银子，沉甸甸的，倒让她有些犯难。

"这些太重，待到下一城就换成银票，带在身上也轻便。"他说着，朝她伸手。

裴轻听话地把银子放到包袱里，连同包袱一起给他，从外面看，一点也瞧不出里面有一包银子。

萧渊拿过包袱，忽然问了一句："我有本事吗？"

"当然有啊。"裴轻没多想，"没有你，哪来这些银子呀。"说完她就见萧渊挑了挑眉，眸中满是戏谑。

裴轻一怔，恍然想起了刚才那抢银子的壮汉的那句："要怪就怪你男人没本事！"

"走了。"他起身，把包袱背上，顺势拉住了裴轻的手腕。

裴轻的脸红得发热，手腕更热。他的掌心干燥又灼热，一路烧到少女的心里去。出城路上的人很多，双双对对的夫妻满大街都是，谁也不曾多看一眼。可裴轻羞得不行："那个……我不会跟丢的。"

萧渊侧头看她，见她整个人都粉粉的，忍笑道："不知道的还以为我们方才做了什么见不得人的事。"

他左右都不放手，还出言嘲笑，裴轻瞪他。

这一眼瞪得萧渊心神荡漾，他轻咳一声别开目光，看向前方城门口盘查出城之人的守卫，说："看见那些独身出城的女子了吗？要么得有家里的出城文书，要么得有主人家给得释奴文书，没有文书者，出不了城门。你有吗？"

她当然没有。

裴轻仔细地看着，他们果然会对独身女子进行盘问。可对于独身男子，却是不管不问，任由其出城。与之一样不会被盘问的，便是与男子同行的女子，或为妻女，或为奴仆，看上去不过都是男子随身携带的物件罢了。

裴轻微微垂眸。

临到城门口，裴轻感到自己手腕一松，正有些惊讶，就感到手心一热，他握住了她的手。

"有我在，不必害怕。"

他感觉得到她的低落，以为她是害怕了。

怕被拦下盘问，怕自己出不了城门，怕……不能再与他同路。想到这里，裴轻微微仰头，看见他的侧颜。

这张脸瞧上去是极为好看的，可好看里还带着邪里邪气的恣意，叫人挪不开眼，却也不敢随意放到心上。

可手心的灼热让她觉得暖热又安定。

裴轻不再看他，低着头跟着他走，只是手上悄悄回握了一下。

极轻极快的一下，可萧渊立刻便感受到了。

出城后天已经要黑了，幸得下一城离得不远，路上并未有太多停留，进了云城，已经到了晚膳时分。

相比于上一城，云城显然只是个小地方，这里的屋舍街道远没有莅城那股繁华，零零散散的行人穿着粗布衣裳，走了一路也没看见一辆像样的马车经过。

这地方很小，还很穷。以至于萧渊去换银票，那钱庄掌柜的和店里伙计忙活了好一阵，才堪堪凑齐了银票递给了这位眼生的客官。

从钱庄出来，包袱便又回到了裴轻身上，这回轻了不少。裴轻见他两手空空一张也没留在身上，想了想，低声说："要不要去吃酒？"

身旁的人脚步一顿，低头看她。

上次在莅城的酒楼他就想喝酒来着，奈何荷包吃紧，他在那双漂亮眸子的委婉提醒下，把西域名酒换成了补汤。

见萧渊盯着她，裴轻拍拍包袱："吃得起呢。"

萧渊一笑："那走吧。"

这里的最大的酒楼里也不过只有十几个人在用饭，掌柜的和小二一瞧有新客官进来，当即喜笑颜开："来来，二位里面请！小店酒菜是咱们云城最好的，瞧着两位是外地来的，那可一定要尝尝我们云城的蒸云糕！"

这回裴轻任由萧渊说了一堆菜名，掌柜的欢喜得合不拢嘴，待他张罗着去备菜时，裴轻才问："不喝酒了吗？"

萧渊指了指店里放酒的地方："一看就是掌柜的自己酿的，肯定不好喝。"

裴轻轻笑，原来这位是只喝名贵的酒。

小店的菜倒做得的确不错，一顿吃下来也没花多少银子。外面的天已经彻底黑了，两人便去了离酒楼最近的一家客栈。

"掌柜的，两间上等房，再备些热水沐浴。"

"好嘞客官！二位且跟小的来！"

两人的屋子是相对的，中间隔得还有些远。裴轻抱着包袱："那……我先去进去了。"

"窗子关严实，免得着凉。"萧渊看着她，后面跟了一句，"若是睡不着，可以过来找我。"

旁边还有人在，他忽然就没脸没皮起来，裴轻赶紧关上门，这才缓了缓面上泛起的绯红。

外面的脚步声渐远，屋里屏风后冒着热气，裴轻将身上的包袱放到桌上，可看了眼没有门闩的房门，又拿起来抱到了屏风里面。

里面装的可是他们两人所有的盘缠，还是在眼前看着更心安些。

热水洗去周身疲乏，裴轻闭着眼睛，有些困意。忽然她听见一声异响，心当即提了起来："谁？"

没有回应，也没有异响了。裴轻赶紧穿好衣衫出来，屋内一切如旧，看着并未有任何不妥。她又看了一眼房门，那里紧紧闭着，也无不妥。

难不成是她听错了？

她坐在镜前将头发擦得大半干，房内也不知是什么地方漏风，将烛光吹得左右摇晃，放下木梳准备去歇息，她却手一顿，从镜中看去，门外分明有黑影闪过。

裴轻心中猛地颤了下，下一刻她已顾不上自己仍只穿着里衣，匆匆抱起包袱便开门跑了出去。

萧渊方沐浴完，衣裳都还来不及穿，就听见急促的敲门声。

只是还未等他去开门，门就已经从外面推开了，他看见一张苍白又惊惧的脸蛋，只穿着里衣，散着长发，泪汪汪地抱着包袱。

男子裸着的上半身骤然映入眼中，裴轻惊得一时忘了自己该做什么。片刻缓过来，她才立刻转过身去："对……对不起！我……不是有意的……"

那单薄的背影微微发颤，想来是吓坏了。萧渊回想起上次住客栈时她的百般不安，问道："害怕一个人住？"

这可算是问到她心坎里了，她道："嗯……没有门闩，总觉得有人会闯进来。"

说着，她便看见了旁边桌上的药膏和药纱，眼前立刻划过方才那一眼看见的伤处。

她缓缓转过身来，萧渊已经将衣裳穿好了，正若有所思地看着她。

裴轻抿抿唇，说："我……我帮你上药吧。"

萧渊看她一脸别有所图的模样，挑眉道："上药之后呢？"

裴轻不好意思看他眼睛，微微退了一步，一手背到身后，当着他的面把门给关上了。

萧渊就那么看着她，她抱着包袱的手紧了紧，鼓足勇气对上那双眸子："我今晚能在这里睡吗？"

憋了半天，终于说出实话来了。

裴轻说完就低下头，就算他不愿意，她也不会走的，她就坐在门边凑合一晚，总比一个人在对面那间屋子要好得多。

"睡我这里？"萧渊慢悠悠的走到裴轻面前，忽然一手撑在她身后的门上，低头看她。

灼热的气息将她环绕，裴轻缩了缩身子，用点头作为回应。

离近了看，她白皙嫩滑的肌肤毫无瑕疵，鼻头小巧唇瓣殷红，连墨色发丝都柔顺好看，还散着淡淡香气。他莫名地将一缕青丝绕上指尖。

"小娘子，你知道深更半夜又衣衫不整地跑到男人屋里睡觉，会是什么后果吗？"

第八章 /
为她

裴轻听了这话脸就更红了。

"即便如此也要留下?"萧渊凑近,又问了一句。

两人气息交缠,裴轻只穿着里衣,却觉得自己都要热得冒汗了。

"好吧。"他不等裴轻回答,自顾自地直起身,随手扯开了系在腰侧的带子。

裴轻呆呆地看着,萧渊随手将里衣往桌上一扔,朝屋里唯一的床榻走去:"过来。"

他背上有一条很长很狰狞的疤,虽愈合得很好,但看得出当时应该伤得很重,若非极度的皮肉绽开,那疤也不至于如此难看。

萧渊转过身来坐下，就见裴轻抱着包袱跟了过来，在离他还有三步远的地方停住。

他低头看了眼胸腹的伤，一番打斗又跑路，口子有些崩开，渗出的血与沐浴后尚未擦干的水混在一起，看起来有些脏。

算了，还是自己来。可还未开口，就见裴轻把包袱放下，去将那药膏和药纱端了过来。

她蹲下身，用一块干净的药纱将那些血水擦净，然后手指沾了药膏，上药之前，她抬头问："是这样直接涂上去吗？"

她满眼认真。

"嗯，涂吧。"

"好，若是疼了你就告诉我。"干净的手指沾了白色的药膏，尽可能轻地顺着伤口涂药。每到一处都能感觉到伤口血肉的颤动，应该是很疼吧，裴轻不由得更轻更慢地为他上药。

这简直是种折磨。有人伺候上药，尤其还是难得一见的美人，这本该是件得意美事。然这美人太真挚了，凑得极近，一边替他上药一边轻轻帮他吹，生怕弄疼了他。

然而伤口疼不疼的萧渊已经感觉不到了，只闻到道她身上的香气，看得到那张精致绝美的脸蛋，再任由她这般上药，他恐是要忍不住了。

萧渊一把攥住裴轻的手腕将人拉起来，裴轻吓了一跳脚下不稳就往他身上倒去，他顺势扶住了她的腰，她则下意识地扶住了他的肩膀。

两人一坐一站，离得极近。

"怎……怎么了？是不是弄疼你了？"她语气里含着抱歉的意味。

"要不，还是你自己来吧，自己的手更有数些。"她将药膏放到他掌心，又说，"伤好之前，赚银子的事你就不要管了。"

"为何？"萧渊看着她走到旁边，从柜中翻找出被子。

裴轻转过头来，语气不善："再多折腾两回，你的伤就彻底好不了了，万一不幸溃烂了，连性命都保不住。"

她眼眶都红了，背过身去将被子铺到了地上，瘦肩一颤一颤的。萧渊忙说："我这伤就是看着吓人，而且这药膏不是普通药膏，是我家里秘制的，我随身携带，只要受伤后立刻就涂，不仅不会溃烂，连疤都不会留。"

骗人。

裴轻铺着被子，不理会他。明明后背有那么大一条疤，还能说出这番鬼话。

"哎，你说说话，你这样我有点心慌。"萧渊凑过去坐在她刚铺好的被子上。

裴轻见他已经自己涂好药，便起身将他的里衣拿来，声音闷闷道："你经常受伤吗？为何还会随身带这种药膏？"

萧渊把衣裳穿好，听见她终于说话，唇角勾起："这么好的药，要是不受伤涂一涂岂不可惜？"

裴轻一噎，这又是什么新花样的鬼话！她有些后悔不该提卖艺赚银子的事，自己不仅没帮上什么，反倒害他伤口崩裂。

她垂眸，道："早些歇息吧。"

萧渊赖在她铺的被子上，还摸了摸："这摸起来还挺舒服。"

裴轻不明所以地看着他。

"你去睡床，我要睡这里。"他指了指床榻。

"那怎么行，地上湿气重，一个不好就要染风寒。"

"啧。"萧渊皱着眉头，"你这女使怎的脾气这么大，还敢不听公子使唤？不许仗着生得好看就恃宠而骄。去，把灯熄了睡觉。"

裴轻拧不过萧渊，只好将又去找被子单褥，能铺能盖的都盖到了萧渊身上。

萧渊好笑地说："我看你就是想热死我，好把咱们赚得银子占为己有。"

裴轻还愁会不会不够，听他这么说，又无奈又好笑："这主意好，姑且试试好了。"

她这一笑，笑得萧渊心神荡漾，赶紧闭上眼装睡，没再敢多看一眼。

他听见裴轻脚步极轻地在屋里走了一圈，吹熄了所有的烛火，最后上了榻，盖好了那被他扔回榻上的被子。

"若是冷，一定要说啊。"她不放心地叮嘱。

萧渊背对着床榻，懒懒地"嗯"了一声，心里软成了一片。

夜里安静，许是多了一人的陪伴，裴轻便觉这夜没有那般难挨了。被子松软厚实，盖在身上暖和得紧。她缩成小小一团，没一会儿就睡着了。

却未想睡到一半时，忽然身上一凉，紧接着一具炙热的身体靠了上来。

她猛地睁眼，尚未来得及开口，便被人从后面捂住了嘴。

得益于闻到的药味，裴轻知道身后之人是谁。

只是……深更半夜，他竟钻入她的被子，与她的身子紧紧相贴。裴轻浑身绷紧，男子灼热的气息洒在耳边。

"有迷药。"他低声说。

裴轻点了点头，又往被子里缩了一点，想用被子捂住口鼻。只是刚略动了一下，便听见"吱呀"一声，房门开了。她心头一惊，只觉环在身上的胳膊又紧了紧。

"不怕。"萧渊感受到她浑身的僵硬，顺势将她往怀里搂了搂。

屋里传来细微的脚步声，裴轻听见那脚步声越来越近，像是径直朝着床榻而来，她分毫不敢动，只紧紧地缩在萧渊怀里。

那脚步声在离他们只有几步的时候停住，来人往榻上看了几眼，又退了回去。

"啧，我说什么来着，他们果然不是一般的主仆。"一声嗤笑伴着窸窸窣窣翻找东西的声音。

"还真让你说准了，白日里瞧着公子奴婢规矩得很，夜里还不是滚到一张榻上去了。"另一人声音满是淫笑，"这小丫头生得这副脸蛋，哪个男的把持得住。受着伤逃命都不忘带着她，一瞧就是放不下那温柔乡的销魂滋味。"

"呵，本想着今夜弟兄们乐呵一番，可惜了。"说着，那人便又往床榻这边走来。

"哎，找到了！"

脚步声一顿，又折了回去。

"嚯，这么多银票。咱们开这破酒楼一年都赚不了这么多。"

"走了走了，再耽搁他们就该醒了。你把那包袱系上，别叫人看出来。"

又是一阵窸窸窣窣，最后房门关上，外面的脚步声走远。

裴轻感觉腰上的手臂一松，耳边传来萧渊的声音："好了，他们走了。"

说着他便要起身，谁知怀里的人忽然转过身来抱住了他的腰，脸蛋埋在他胸前："你……你别走。"

萧渊看不见她的脸，但清晰地感觉到胸前濡湿，知道她定然是被吓哭了。他轻轻抚着裴轻的后背，没再多说什么。

裴轻是后怕，今夜若非萧渊收留她，而是让她一个人住在对面的屋子，又有迷药……那她的下场可想而知。又或者，萧渊没有发现异常，两人都吸入了迷烟，他若昏迷不醒，那些人便可能当着他的面就……

她不敢接着往下想，只抱着这个救了她清白的男子抽泣个不停。

裴轻哭着哭着，有些累了，

萧渊不自然地轻咳一声："哭够了？"

裴轻闻声仰起头来，湿漉漉的眸子对上他的目光。

萧渊喉头一紧，抚在她后背的手不由下滑至她衣襟边缘，指尖已略探入其中。

"谢谢你。"她的声音还带着哭腔，"没有你，我只怕要被他们——"

眼泪又大颗地滚落下来，砸得萧渊赶紧把那只不受控制的手从她身上拿开。

她正哭着，还将他当成恩人言谢，萧渊从未觉得"正人君子"这四字竟有如此之重，他忍着欲不碰她分毫，温声安慰道："别哭了，好好睡一觉。明日我带你离开。"

裴轻哪里还睡得着，她擦着眼泪："我们不能今晚就走吗？"

"今晚就走恐不会顺利，还是明日当作什么都不知道地离开比较稳妥。横竖他们都只想要银子，吃点哑巴亏，总比真同这些地头蛇动手为好。"

裴轻立刻想到他身上的伤，这才发现自己贴他太紧，忙松开手往后撤了几分："有没有弄疼你？"

娇软的身子骤然离开，萧渊没出息地想往上凑，又见裴轻坐起来掀被子，他赶紧一把摁住她的手："没有没有，我好得很。不必担心。你睡你的。"

"真的？"她吸吸鼻子，满脸真挚。

萧渊大概明白那些为了护住妻儿而投降认命的骁勇之人是何缘由了，刀砍在自己身上无妨，可若因此让至关重要之人陷入险境，他们便绝不会这么做。

若是以往，即便有伤他也是要出手的，生死有命，总比窝窝囊囊地躲着强。

可一路上他一忍再忍，他只知道自己不能有闪失，不能留她一个人面对这险恶的人世间。莫名地，从不曾当回事的"软肋"二字浮现眼前。

萧渊无奈地笑了笑，原来他这辈子也会生出软肋。

裴轻显然不知他所思，心头恐惧未散，她试探着双手握住了他的手，眼巴巴地看着他，提出了一个过分的要求——

"萧渊……你能不能陪我……"

娇娇软软的一声萧渊，差点把他叫得摔下床去。

他深吸口气，问道："陪你什么？"

他知道她是什么意思，只是那话从她口中说出来不知又是如何一番滋味。

裴轻抿抿唇，不再扭捏："陪我一起睡好不好？"

惊惧过后，裴轻窝在萧渊怀里，睡得很熟。

这夜未再有其他异样，除了某人心猿意马地睁眼至天明。

两人从客房出来，引来掌柜的和小二的目光，但见两人神色自然，不由得有些嘲讽地笑了起来。

待出了客栈，裴轻才真正松了口气。

见她略带愁容，萧渊摸了摸她的头发："怎么了？"

裴轻低声："若我把包袱藏好，或是在身上多藏些银票，也不至于现在身无分文了。"

还以为是什么大事，敢情是在自责。萧渊一笑："咱们一进城就被盯上了。若是猜得没错，钱庄和酒楼是通着气的，咱们兑了多少银票，昨夜的人一清二楚，若是少了，说不定还要搜身。咱们既然装晕，便只能任由他们搜，你想被搜吗？"

裴轻毫不犹豫地摇头。

"那就是了。"萧渊接过她手上的包袱背在背上，"银钱本就是身外之物，生不带来死不带去的，没了再赚就是。"

这话说得有理，可裴轻想了想，又问："钱庄和酒楼真的是一伙的吗？"

萧渊点头："怪我一下兑了太多银票，招了贼惦记。钱庄的人知道却不好下手，若不是他们告知，酒楼里住店的并非只有你我二人，他们为何偏偏选中了咱们？包袱在何处他们一清二楚，明显是一直暗中盯着咱们。"

裴轻越听便越沉默，萧渊歪头看看她："好了，不就是些银票，有本公子在，饿不着你这小女使。"

"为了赚那些银子，你伤口都裂了，到头来却……"

这下萧渊总算听明白，她不是心疼银子，是在心疼人呢。

萧渊盯着那张脸蛋，心头蠢蠢欲动。末了，他把包袱打开，说："你先把这个换上。"

裴轻一看，竟不知何时包袱里多出了一套男子衣物，道："这是……"

萧渊挑眉，说："只许他们偷咱们，还不许咱们偷他们？我去那掌柜的屋里拿的，你换上后咱们就去赚银子。"说着，还上下打量了她，"还是扮成男子妥当些，不然太招眼。"

裴轻接过包袱，忽然抬头眼里亮晶晶的，道："那你有没有偷点银票回来？"

萧渊怔了下，随后笑得不行："银票他们定然是随身放着，若将屋子翻乱咱们还能出来吗？"

裴轻一想也是。

两人拐去巷中，裴轻将那外袍套上，幸得掌柜的身材矮小，衣物穿起来也不算大得太多。萧渊顺手将她长发束起，评价道：

"这袍子还是得好看的人穿才不算辱没，穿那掌柜的身上太可惜了。"

裴轻轻笑，任由他的手指在发间穿插。

小巷静谧，少有人来往。自然无人看见一个妙龄女子是如何变成文弱小书生的。再出巷子时，萧渊身旁跟着的便是一个身材纤瘦的小伙计了。

"你真不贴胡子？"他问。

裴轻被缠问得耳朵都红了，说："我这年纪的男子哪有蓄胡子的呀，你为何非要我贴胡子？"

萧渊叹了口气，因为你这样还是很好看。

长发高束，纤腰长腿，虽身量不高，却胜在身形笔挺，仪态大方。扮上男装，眉宇间便多了些英气，即便瘦弱了些，想必还是能招来无数目光。

裴轻见他不说话，又问："我们要去何处赚银子呀？"

这算是问道正事上，萧渊朝着巷子对面的扬扬下巴："喏，到了。"

裴轻顺着他的目光看齐，"青柳妓馆"四个大字赫然映入眼帘。

"想在这穷乡僻壤赚银子，就得去唯一的销金窟。"他一拉裴轻的手腕，"走了。"

午前的妓馆生意不多，骤然看两位公子前来，乐得老鸨妈妈带着姑娘们就迎了出来。

"哟！这可了不得，二位公子人中龙凤莅临小店，那是咱家姑娘们的福气啊！来来，还愣着做什么？快迎公子们进去！"

裴轻还未反应过来便已被一群扑着浓重香粉的姐姐给围住，她被熏得打了个大大喷嚏，惹来娇笑声不断。相比裴轻，萧渊这边的姑娘便要少些。

妓馆的姑娘们迎来送往惯了，最喜欢的便是裴轻这种看着斯文的儒生，而像萧渊这种身量高大，一瞧就练过武的，纵然生得再英俊，却还是叫姑娘有些发怵。

莺莺燕燕挽上来，萧渊不像裴轻那般不好意思，反倒大剌剌地开口："有劳妈妈和姐姐，我等是来寻个差事做伙计的！"

一听不是来花银子，而是来赚银子的，老鸨便不似方才那般热络了。

她上上下下打量了眼前两人，对着萧渊道："你瞧着还有把子力气，来我这儿做个小厮打手倒也不算屈才。"说着她又看向裴轻，"你能干什么呀？女里女气的，瘦得身上没二两肉。"

裴轻忙说："我会写字会理账，还会浆洗洒扫，哦，我还能帮姐姐们梳妆！"

她说的是真心话，然而边上的姑娘们全都被逗笑了。

裴轻显然忘了这话从姑娘口中说出来是样样能干，但若从一男子口中说出来，那便是……

"哟，没瞧出来你倒是个在我们这种地方常来常往的。也罢，难得有个懂梳妆的男人家，那你若帮着我家的姑娘们招来更多客人，我便将你长久留下。这云城各处小厮的月钱可都没有我这儿多。"

两位"难兄难弟"就这样被留了下来。裴轻不信萧渊说的是占了脸的便宜，愣是觉得遭遇种种之后，又遇上好心人了。

做工的头一日，萧渊去后院劈了一院子的柴，见他初来乍到却懂规矩，原先的伙计们喝茶的喝茶，歇脚的歇脚，都没为难他。临近午时放饭，人人都去了后厨领午膳，剩萧渊一个人码柴火。这点活于他而言权当舒展身手了，却不知有人一直担心。

身后传来脚步声，他抬臂擦了把汗转过头来，正看见裴轻四处张望着，一脸小心地朝他走来。

那模样不知道的还以为是来偷偷幽会的。

"你怎么不去用午膳？"他问。

"我去过了，没见到你，那些人说你还在这里劈柴。"裴轻一边说着一边将手里的东西递给萧渊，"给。"

他接过来打开，是用油纸包的软糕，尚温热，且香气扑鼻。

"我这就要去了，你自己留着便是。"这一路也没碰上这么香软的糕点，她这是还惦记着自己是婢女，有点什么都想着他这公子呢。

"今日午膳的菜都有些辣，你身上有伤不能多食。先用这个垫垫吧。"她凑近又看了看，"热着的时候更松软，冷了便会有些腻。清莺姐姐是这么说的。"

"谁？"

裴轻一笑："就是今日曲子弹得最好听的那位姐姐，秦妈妈让我替她画眉，清莺姐姐觉得我画得好，便赏了糕点给我。"

萧渊起初以为她是为了留下而扯了谎，没想她还真懂那些胭脂水粉。

"你怎么不给自己画画？"他又把糕点放回裴轻怀中，转身去净手。

裴轻跟上去，将旁边干净的帕子递给他："我现在可是男子。"

萧渊接过那方帕子，顺带着看了眼她嫩白的手背，若真是男子，生成她这般模样怕是也要被人盯上，否则怎的头一日便有人赏糕点？

这么想着，他干脆坐在了身后那堆柴火上。

裴轻不解道："你不想吃这个吗？"

萧渊揉了揉胳膊："劈了半日的柴，现下手臂酸软，罢了，你自己吃吧。"

裴轻怎么会自己吃，下一刻糕点就喂到了他唇边："多少吃一点好不好？"

某人懒懒地张口，一副勉为其难地样子咬了她手中的糕点。

裴轻欢喜道："怎么样，是不是很好吃？"

当真软香清甜，她眼里亮晶晶地望着他，萧渊心尖颤了下，抬手握住她的手腕将糕点送到她唇边："你自己尝尝不就知道了。"

裴轻有些惊讶，呆呆地看着手里这块被咬了一口的糕点，两人同吃一块……

"你这是在嫌弃自家公子？"他睨着她，补了句，"又不是让你咬我咬过的地方。"

他连油纸一起拿过来，将没咬过的地方放到她唇边："跟那群人一起吃能吃到什么？不过申时你就得饿。"

人太多，裴轻挤不过那群粗犷的汉子，的确只匆匆吃了几口。听见这话，她心里暖暖的，听话地低头咬了一小口。

柔软的唇瓣就这样触到了他的指尖，萧渊一僵，盯着那张殷红小嘴，喉头没忍住地吞咽了下。

裴轻全然不知，点点头道："果然好吃。"

正欲低头再尝一口，却见萧渊拿过去三两口吃完了一整块，还大言不惭道："你都吃过午膳了，尝尝就行。"

她没注意他别开了目光，还去倒了盏茶来怕他噎着。

萧渊到底是没去后厨，午时难得的安静，后院里两人有一搭没一搭地说着话，裴轻时不时的轻笑犹如清透泉水，一路划过心底，清了郁结已久的是非无奈。

午后做活的时候，萧渊觉出了不对劲。

后院伙计们瞧他的模样有些怪异，倒也不是要欺辱他这新来的，就是……一种明显的避而远之。

临近夜晚，前院便忙碌热闹了起来。有了客人，做活的小厮便不好久留姑娘房中，裴轻被老鸨使唤着去后厨帮手，送些菜肴美酒到各厢房为恩客助兴。

前院鱼龙混杂，萧渊见她还一脸高兴地来端菜，不由得"啧"

了一声。裴轻端着酒菜敲了敲门，里面嬉笑声太大，没有人应她。但妈妈说必要将酒菜送进去，才好一并赚银子。她想了想，轻轻推开了门。

铺面而来的酒气与胭脂气熏得她有些晕，而里面的场面更是淫乱不堪，一男二女衣衫不整，连最里面的赤色肚兜都松松垮垮，男子肥头大耳，那双手不住地游走在女子身上，竟还探入裙摆伸向了……

被匆忙放到桌上的酒水险些洒出来，那人当即一瞪眼："哪儿来的小厮手脚这样笨？还不快给爷斟酒！再乱看爷把你眼睛挖了喂狗！"

裴轻被吼得身子一抖，忙拿起酒壶要给男子倒酒。而这期间男子肆意地伸舌舔弄在姑娘白皙的肌肤上，裴轻离得近，尽管已经尽力低着头，余光却还是能瞥见种种。

一股恶心涌上心头。她强忍着倒了一盏酒就准备出去，却未想身后人刁难道："不给爷递过来就想走？青柳妓馆连个使唤小厮都这么大的谱啊？"

裴轻闭了闭眼，深吸口气，转过身来："这就来。"

裴轻端起酒盏送到那人面前，他这才勉强将手从姑娘的衣衫中拿出来，拿过酒盏的时候手指毫不意外地触到了裴轻的手，裴轻心头一颤，再也忍不住地跑了出去。

那人还欲发难，两位姑娘发了话："爷，那就是个新来的，年纪小没见识，见了爷这般人物自然是害怕的呀。何必跟'他'计较呢。"

"哟，这么说，你俩也怕爷？"

里面的娇笑声大了起来："爷最是怜香惜玉了，我们姐妹可不怕您。"

裴轻跌跌撞撞地跑出来，在拐角处猛地撞上一人，她连忙躬身行了一礼便想下楼去。谁知胳膊被人攥住，她抬起头来对上一双好看的眸子。

看见裴轻一脸惊慌，眼眶也红红的，萧渊沉声："房里人欺负你了？碰了哪里？"

裴轻攥着手指，摇了摇头。她现在是男子装扮，自然没人觊觎，反倒是身板瘦弱，让人更看不上眼了。

房内的娇笑声渐渐变成了喘息和媚喊，一声接一声清晰地传了出来。眼前的人儿耳朵都红透了，萧渊也明白过来是怎么回事。她一个连"小娘子"都听不得的人，如何看得了活生生的春宫图。

来妓馆赚银子这事，考虑得欠妥了。

将人弄得这般泪汪汪的，萧渊说："后厨缺人搬柴烧水，你去那边帮手吧。酒菜我来送。"

这在裴轻听来是最好的活了，她忙点点头，正要随萧渊下楼去，就听见一声哭叫。紧接着，一道房门打开，一名美貌的女子被一高大粗犷的男人攥着手腕扯了出来。

后边跟着老鸨，那老鸨急得不行："我的大爷哟，这清莺姑娘只能闺中待客，没有去府上服侍的道理，您就大人有大量，别为难我们这小小的妓馆可好啊？"

那人蛮横道："大爷我付了银子，买她的清白之身，你这老婆子收了银子要反悔不成？"

"大爷您可是误会了，您这就是买了清莺一夜，可您将她带回府上就是另外一回事了。若是您硬将她留在府上，您可让我们青柳妓馆怎么活呀！"

那名叫清莺的姑娘满脸泪水，被拖得摔在地上，手腕青紫，脸色苍白。

"不管怎么说，人我今日要定了！谁敢阻大爷的路试试！"

"爷，咱云城也有云城生意的规矩，您可别为难人。"老鸨说着便招了招手。

妓馆中立刻涌出十几个打手模样的小厮，将那人和清莺给围了起来。

"喂，新来的，愣着作甚！没瞧见有人耍横吗，快随我来！"此时有一人拍了下萧渊。

这也是一开始便讲好的分内之事，萧渊只得揉了揉裴轻的头，说："你先去后厨吧。"

裴轻怔怔地点点头，见萧渊往那处去，还是开口道："你要小心。"

裴轻在后厨烧水，她坐在灶前，有些担心。

前院的吵嚷声渐渐大了起来，盖过了眼前沸水翻腾的声音。

"没看出来你小子身手不错啊，学过武？那人膀大腰圆的怎么就被你掀翻在地了？"裴轻听见声音起身望过去，正看见一群伙计正勾肩搭背地回来，不同于之前的是，他们把萧渊围在中间。

"哎，你领了赏钱打算做什么？"为首的伙计问。

萧渊一笑："自然是请弟兄们喝酒呗。我这初来乍到的，全靠诸位相帮了。"

他扯了腰间的锦袋，大方地到了一半往那人手里一放："不过我就不去了，身上有伤喝不了酒。"

见他如此识趣，头先那些流言蜚语被他们抛诸脑后。

"既如此就不强拉着你了，待你好了再喝就是！"

一群人哈哈大笑各自散开，萧渊已经朝着灶台走来。

"给，好好收着。"剩下的半袋子赏钱塞到了裴轻手上。

"这是……"

"妈妈给的赏钱呗，方才我可是保住了她精心调教出的花魁娘子。叫什么来着，什么莺。你提过的那个名字。"

"清莺姐姐，就是她给了我糕点。"裴轻数了数里面的散钱，即便刚才分出去了一些也还剩不少，她顿了下，抬头看着萧渊。

也不知是不是在一路待得久了，萧渊不必多想就明白她的意思。

"估摸着今儿个这人有点来头。一边是赚银子的花魁，一边又是惹不起之人，到时候若是人家回来报复，估摸着我就是那替罪羊了。"萧渊挑眉，"那块糕点可真够贵的。"

"你是因为这个才……"

"那块糕点还清了，咱们不欠她情了记住没？"萧渊顺手把她手中的锦袋系好，"若是再丢，本公子只能把你这女使卖了换银子使了啊。"

裴轻这回把锦袋贴身带着，除了沐浴更衣，她绝不解开。

曲乐的声音越来越大，萧渊看看四周，俯身凑到裴轻耳边："这地方明日不能来了，两个时辰后下工，该做什么就做什么，别叫人瞧出端倪。不过你得乖乖在这儿待着，别乱跑。"

还没等裴轻应，前院的管事便急匆匆地往后院来了。

"哟，还有坐着站着白话的呢？恩客都满了这茶水怎的还不上啊？烧水的做什么呢！"

裴轻连忙说："这便好了，水已经烧好了。"

"烧好了还不快送过去！"

"我来。"萧渊接过那滚水。

"哎，那正好，清莺姑娘的屋子里被砸得乱七八糟，桌子凳子都掀了个遍地，你去给收拾出来。都是上好的东西，仔细着些啊。"

裴轻很听话地守在原地，看着萧渊去了前院的背影。

清莺茫然地坐在房中，看着一地狼藉，安静地掉着眼泪。此时外面传来敲门声："清莺姑娘，管事命我来收拾屋子。"

心头猛地颤了下，清莺抬手擦掉眼泪，起身快步走了过去。

房门打开，露出的是男子高大的身躯和俊逸的面容。

身处青楼妓馆，她见过无数男子，高门显贵家的公子老爷数不胜数，可穿着粗布衣衫还如此气度的男子，她还是第一次见。

方才他不费吹灰之力将那人掀翻在地，一把将她拉到身后时，他掌心的灼热让清莺原本麻木的心竟有了异样的涟漪。

她侧身让开，垂眸道："我……我不敢让其他男子进来，便求管事的叫你来……有劳你了。"

"分内之事。"萧渊进来将掀翻的桌椅尽数归为原位，外面嘈杂声太大，又因着是花魁娘子的屋子，总有些眼睛往里瞧。

萧渊正将地上的碎瓷片捡起来，清莺便自己走过去将房门关上。

阻隔了外面的酒味，屋里的香味便越发明晰起来。这香气本是清幽的，再说女人家的屋子香一些也是情理之中。以往他还觉得好闻，但跟裴轻待得久了，只闻得惯她身上的那股淡淡的香味，屋里这香过于浓了些。

他动作利索，很快收拾好了屋子。

"外面人手不够，这些水迹酒迹劳烦姑娘自己擦净。"

清莺仍站在门边，听见这话她低低地应了声"好"。

萧渊便打算出去，只是手还未触到门，便觉一股香气袭来，一具娇软的身子从后面贴上来，白皙的手臂紧紧抱住了他的腰。

"求你……"她带着哭腔，"求你再帮帮我。"

这种事萧渊不是头回遇到了，生成他这样的男子，便是什么都不做，也有女子会贴上来。

他扯开环在腰上的那双手，说："清莺姑娘自重。你是花魁，满妓馆最值钱的姑娘，在下没那个能耐将你救出去。"

清莺见他要走，立刻跪在了他脚边，眼泪顺着精致的脸蛋落下来。

"我……我知道。我也不求你救我出去，只求……"她一点点触碰到了萧渊的手指，乞求地说，"我不愿将清白之身给外面那些男人，若非要如此，我宁愿……宁愿给一个救过我的男子……"

话说到这个份上已是很明显了，清莺见他沉默，以为是他默许了。

白皙干净的手指扯开了衣衫带子，外衫顺势滑落，露出香肩。她脸上还挂着泪，整个人楚楚可怜，轻易就能勾起男子怜悯又直白的欲望。

她跪在地上，去解萧渊的腰带，然而手还未触及他，手腕就被攥住。

萧渊低头，面无表情地看着她，说："我有心上人，若非因为她，我不会出手帮任何人。"

清莺有些疑惑，下一刻便想起了白日里曾为她画过眉的小伙计。回想到对方纤瘦身材、姣好的脸蛋，清莺当时就有过怀疑，只是未多想多问罢了。

此刻想来，大抵……就是她了。

"她要是知道这事，估计会不高兴。她若不高兴，我就想杀人。"萧渊松开清莺的手，转而捏住了她的脸，俯身凑近，"命重要，还是清白重要？"

清莺没想到他是这样的人，方才外面的豪爽样子明明那般真切，可转眼独处之时，他便冷了模样，字字薄情。

但即便如此，却也能让女子为之神魂颠倒。

清莺直视着他，声音颤抖道："能死在你手里，也……我也愿——"

只是话还没说完就被打断。

"呵，可在下不愿意。"

听了这话清莺本心头一喜，却没想下一句萧渊说："我这双手还得替她绾发，不能沾人命。"

门被无情地打开又关上，清莺坐在冰冷的地上，满心沉寂，原先的麻木一点点回来，她如同一个美得不可方物的木偶，眸中再无光亮。

直至天都快要泛白，彻夜笙歌的妓馆终于静了下来。后院的人三三两两地去喝酒吃肉，裴轻则早早地等在角落，萧渊回来看见黑暗里的她和包袱，忽然笑出来——那紧张的模样任谁看了都知道是要偷偷溜走。

裴轻见萧渊回来赶紧招手，萧渊走过去。

"清莺姐姐还好吗？"

她开口就问了这么一句，问得萧渊皱眉。人家随手的一块破糕点，她就如此放在心上，殊不知对方可都觊觎起她的公子了。

"不清楚。"他随口道。

"怎么了？方才不是去了清莺姐姐的屋子吗？"她不信他不清楚。

女人可真麻烦，总挑不好说的事情问个不停。萧渊"啧"了一声："人家是花魁，方才受了欺负多少人护着？能不好到哪里去，你不如担心担心我。"

裴轻面上一惊，问："伤口崩开了吗？有没有哪里疼呀？"

这模样立马哄得某人顺了毛，他懒懒道："有点。一会儿你替我上点药。"

裴轻立刻点头。

萧渊一笑："那走吧。"

这回裴轻走得没有任何留恋，若要做工赚银钱，她宁可去那些赚得少的地方，也不想在此多留一刻了。

云城城门的守卫不似其他城池那般严苛，后半夜本就是人最为疲惫之时，城门守卫尽数睡得东倒西歪，无人知道有两道身影轻轻经过。然而出了城门，两人却下了官道，往旁边的荒山走去。

裴轻一双大眼睛看着他，就差把"为什么"三个字写在脸上了。

但她没有问出口，只知他会这么走，一定有他的道理。

果不其然，萧渊说："今晚的人若明日来闹事，发现咱们不在必然一路追出城，咱们绕点路，省得被他们追上。这荒山不高，翻过去就离草原不远了。"

"好。"裴轻毫不犹豫地应道。

第九章 /
隐忍

上山之路自然不如平坦大道好走，一路上裴轻温声细语地叮嘱要慢点。

萧渊以前断手断脚都没这么金贵过，自从听他说身上有点疼，她就一路扶着问着，要不是她那瘦弱的小身板不允许，萧渊觉得她都想背他。这小女使，怎么这么招人喜欢。

裴轻没看见他笑，只看见了前面的一处山洞。

走了一个多时辰，她也有些乏累，于是抬头看看萧渊。不用开口后者就明白她是什么意思，说："走，歇一会儿去。我守着，你睡觉。"

山洞不大，但能遮风雨，里面还有烧木的痕迹，应当是曾有人也在此歇脚。方进了山洞，外面便渐渐沥沥地下起了雨。

裴轻正愁没有水净手，如此一来便解了这难题。

她把包袱里的旧衣裳拿出来给萧渊垫在身下，还叫他别乱动，自己则走到洞口，借着雨水净手。

许是雨声动听，裴轻一点都不觉那雨水寒凉，反而将手伸出去更多。

萧渊看着她的背影，知道她此时此刻心情不错，这么看着，浑然不知自己也唇角勾起。

他没说话，不打搅她。然而等了一会儿，她还在那里吹冷风玩冷雨。

正要开口，便见裴轻先一步转过身来，说："我净好手了，该上药了。"

她翻找出药膏，萧渊也配合地解了衣裳。虽然那点伤放在以前他管都懒得管，但现在莫名就是每天都想上药。

上了药才好得快不是?

裴轻见他大刺刺地敞着衣衫，不由得脸蛋一红，伤在腹部，只需要将衣服掀起一半便是，怎么全给解开了呀……

但这话她又不好意思说出口，兴许他也没有别的意思，只是觉得这样好上药罢了。

然而沾了药膏的手指抚上他结实的腹部时，人家开口了:"裴轻。"

"嗯？"她还专注地涂着药。

萧渊闻着她身上好闻的气息，幽幽道："你看了我的身子，还不止一次，总得负责吧？"

"……啊？"她抬起头来，对上他眸中的认真。

但那认真一瞬而过，取而代之的就是如平时一样的逗趣，见她显然被吓到，萧渊只好说："你们女子看不得，难道我们男子就随便看啊？"

裴轻低着头："是你自己解的衣裳，本来……也不用解的。"

萧渊一瞪眼，没想到她还挺会噎人，刚刚生出的那点怜悯立刻就烟消云散，他哼了一声："你看我的身子，碰我私隐处的伤口，管着我赚来的银子，还与我同榻而眠，在你们北边，能做这些事的男女都是什么关系？主仆吗？"

他一句句地翻旧账，说得裴轻耳朵都红透了。可她就是不吭声不接话，替他上好药就要起身将去将药膏重新收起来。

却没想萧渊忽然握住了她的手，她没站稳，被他一扯竟摔到了他的怀里。

热得发烫的脸蛋就这样贴上了微凉的胸膛，然后她便清晰地听见了一声低喘。

他本来只是想拉住她说几句话，想听她回答，没想真做什么。但此时此刻将她抱在怀里，他才猛然发现时不时萦绕心头的那些旖旎邪念居然有了燎原之势。

"你……你怎么了？"

如此相贴，裴轻发现他身上烫得不像话。

萧渊也发现了不对劲。

他猛然想起了清莺房里的那熏得人头晕的香气。

裴轻觉得此时的萧渊与平日里有些不一样。

很不一样。

他眸色幽深，薄唇紧抿，额间冒了汗，似乎在极度隐忍着什么。他的手圈在她腰上，指尖快要将她衣衫燃透。忽然那手一用力，直接将她紧紧抱在怀里，灼热的气息喷洒在耳边，裴轻隐约明白了他想做什么。

"裴轻……"他喊了一声。

唇若有若无地触到了她的耳际，她身子一颤"萧渊，你……你别欺负我……"

他的胳膊勒得她觉得腰都疼了，却又挣脱不了，她小心翼翼地告诉他："你这样我害怕。"

可怜巴巴的两句话，一句别欺负她，一句害怕，萧渊硬得生疼却反而下不了手。就抱一下都颤成这样，若是真做了什么，她得哭成什么样。

萧渊闭了闭眼，深吸口气，用尽了所有的忍劲儿放开了裴轻。

"那你就离我远些。"

可山洞就这么大，外面还下着雨，再远能远到哪里去。萧渊看着坐在不远处石头上眼巴巴望着他的小兔儿，不由得有些头疼。那样望着他，是等他生扑过去吗？

这正人君子他再也不想当了。

这么想着，山洞口吹来了风，带来了女子的香气。萧渊只觉全身酥痒灼烧，喘息声就更大了，眼睛又控制不住地去看她，而她也正担心地望着这边。

许是担心他身子不适，又许是担心自己的清白。小女使循规蹈矩的，大抵不知道他现在心里都生出了多少放荡下流的事。

但那模样瞧着可怜，萧渊忍了欲，道："不怕，我不碰你，不欺负你。"

"真的？"这一开口就带着哭腔，听得萧渊心里不是滋味，瞧着是吓得不行。

他心里怜悯，开口却是："也不一定。"

她果然紧张起来，眼泪都掉了出来。

"你要不要离开？不跟我待在一起，就不会受欺负了。"他艰难地扯出一丝笑意，"银子你都带走，马上就到草原，我也算把你送到了地方。我这情况时不时就会有一次，保不准哪日就忍不住，到时候你哭也没用。"

"可你的伤还没好……"裴轻擦了眼泪，"我……我……"

此时的害怕是真的，可不想离开也是真的。她其实是在找理由，遇见她之前萧渊一样有伤，不也活得好好的？与其说是她做女使照顾他，还不如说是他在陪她护她。

看出她不想走的刹那，萧渊明白了"狂喜"二字是为何意。他的手有些颤抖，为不叫她看出来只得攥成拳。

"若是哪日我忍不住欺负了你，你就只能嫁我了。到时候你想反悔都不行。你要是留下，往后就别想离开了。"说完，他便等着裴轻的回应。

虽面上看不出来，萧渊却手心出汗，喉头不住地吞咽。

一个"嫁"字出口，让裴轻心头一颤。她险些忘了自己还要嫁人这事，离家时她便下定决心了，若要遵家里的意思去嫁给一个老头儿，她不如出家为尼，入了佛门他们还能逼迫不成？她将此事藏在心底，谁也没告诉过。

曾经偷偷想过的如意郎君，想过的相濡以沫的日子，已经快要忘干净了。姐姐说，姻缘的事是最没有定数的，但兜兜转转，她终会遇到属于自己的那个人。

原本只低着头听话的裴轻，悄悄抬眼看了一眼萧渊。

他生得高大健硕，能将她整个人圈在怀里，衣衫松松垮垮，配上那张俊颜，活像画本里的浪荡公子。而这浪荡公子此时正直勾勾地盯着她，用那些话吓唬她。

可那样的坦然直率，却偏偏叫她心安。若真的与他发生什么，最坏的结果就是嫁给他。这也不能算坏结果吧……

她左右纠结，迟迟没说话。

"不回应便是答应了，此时不走，以后就都别走了。"整个山洞里都回荡着他明显欢快起来的声音。

这大抵是主仆当得久了，萧渊大言不惭地替她做了决定，裴轻也没觉得有什么不妥。

不过眼下他似乎不似刚才那般难受，她立刻问："你好些了吗？"

萧渊冲她摇头："一时半会儿好不了。"

裴轻又默默往旁边的地方挪了挪，离他就更远了些。

萧渊眯了眯眼，不明白她那样挪来挪去的有什么用。他若真想做什么，裴轻是怎么都躲不掉的。

"小轻儿，你放心。要干点什么也得等成亲入洞房啊，这破烂地方，你想我还不想呢。"

裴轻被那句"小轻儿"喊得愣了神，半晌才反应过来自己的那点心思被他看得透彻。

她红着脸，背过身起不理他。

然而身后的萧渊说："你去山洞口看雨去，我不叫你你别回头。"

"把耳朵也捂住。"还没等裴轻说话，他又不自在地加了一句。

虽然心里有些不解，但裴轻全然将萧渊当成重病之人，事事都顺着他，便点了点头，走到山洞口双手捂住了耳朵，只安静地欣赏着山间落雨之景。

萧渊的视线从她的背影又回到手中的帕子上，他哪里是要用这东西来擦汗。

虽捂着耳朵，可裴轻还是听见了一些声音，听得她脸颊通红。不知他到底在做什么，但肯定……是极为私隐之事了。

不知过了多久，雨都停了，山洞才终于安静下来。

安静了好一会儿，外面瞧着不像是会继续下雨了，身后也传来窸窸窣窣的声音。

萧渊收拾好了自己，幽幽地说了声："好了。"

"哦，好。"

裴轻闻言起身，刚走近便听萧渊说："你方才有没有偷看？"

裴轻立刻摇头，她的确是一直看着洞外。

"那有没有偷听？"他接着问。

裴轻的脸一下便红了，她本是乖乖地捂着耳朵，可捂得手酸，松懈时便听见了一些……她本想继续摇头，却见萧渊起身逼近，一张俊颜凑到她眼前。

"你知道了本公子如此私隐之事，可得负责。"

不知为何，裴轻觉得那目光灼人得很，以往萧渊看她，纵然盯得久了她也会不好意思，但眼下这般的眼神，活像……活像能盯穿她的衣裳，将她看得原原本本。

她低着头后退了一小步，正看见他手上还拿着帕子，她便想借着去洗帕子快些出去。可手指还未碰到，萧渊便拿开，看了眼帕子，又含笑看她："我自己来。"

裴轻收拾好了包袱，出来时萧渊已经在等她了。他负手而立站背对着她，修长挺拔风姿绝伦，即便是穿着粗布衣衫，却掩不住骄矜之态。

裴轻知道，他的出身应该不凡。

但她从来没有问过，一如萧渊从不对她多问一句一般。

感受到身后的注视，萧渊头都没回："杵在那里做什么，过来。"

裴轻听话地走过去。

看见远处之景，她怔了下，随后面上欣喜："那里便是草原了吗？牛羊成群，广袤无垠，当真同书上写的一般！"

"幸得尚未到严寒之际，不然就是光秃秃的雪地。"萧渊一握裴轻的手腕，带着她从旁边的小道走去，"越了这座山便真正到了草原，带你好好吃一顿去。"

"听说草原人个个豪迈，遇着再难的事，只要有一团火便能立刻跳起舞来，不知能不能有幸一见。"裴轻任由他拉着，话里是听得出的高兴。

萧渊也跟着舒心起来，但下一刻就皱眉问："听谁说的？"

裴轻抬头，见他那副不悦的样子居然觉得有些好笑，柔声道："书上说的呀。"

"……"

萧公子瞎怀疑面上挂不住，岔开道："你还挺爱看书。"

裴轻点头，道："书能使人心静，书中道理读过之后，便能将想不通的事想明白，平复心境。"

萧渊看了眼她，这般年纪小的女子，本该千娇万宠地养着，不知是遇到过什么委屈，需要用看书来平复心绪，化解郁结与愤懑。

既然如此能忍，那么此番孤身远行，大抵是遇到了难以忍受之事了。

想到此，萧渊的握着她手腕的手紧了紧。

裴轻感觉到了，抬头一笑："怎么？"

那笑如春风拂过心头，温暖和煦得如同软羽撩了心头。萧渊忙别开视线，道："别光顾着说话，仔细脚下。若你摔了，岂不是将我也一并连累了？"

"好，放心吧。"

裴轻习惯了萧渊这时而公子哥脾气，又时而顽童脾气的性子。

下山之路有些泥泞，两人走得慢，闻着雨后清润的泥土味倒也不失为一种惬意事。

然而下山后，萧渊便觉有些不对。

天色昏暗，有暴雨欲来之势。掌灯时分，山下村子却无炊烟饭香，反而冷冷清清，两人从林中出来，顺着小路进了村子。雨水淋湿了土墙墙壁，有些屋舍房屋破破烂烂定然漏雨，却无一人修缮。

方走了两步，萧渊忽然停下脚步。

有刀剑入鞘的声音。

"走。"他拉着裴轻转身就走。

尽管只要穿过这座村子便可到达草原，但萧渊不愿冒任何危险。

然而下一刻整个村子忽然大亮，无数持刀和火把，顷刻间数百人从村子四面八方涌出，各个都是粗犷莽汉，凶神恶煞地将两人围在了中间。

"哼，等你们好久了，放着正经官道不走，偏要鬼鬼祟祟翻山朝着草原来的定是细作！拿下！"

若说以前遇到的麻烦是防备不慎，那这回遇到的麻烦则属实是冤枉。

说他们是细作，天底下哪有混得这般落魄的细作？裴轻被蒙着眼睛，紧紧地缩在萧渊身旁。

"不怕。"耳边传来他的声音，"就算是细作，那也是朝廷中人，他们不敢动。若不是细作，他们留着咱们也是浪费粮食和水，不划算的。"

这话说得有几分道理，裴轻心中的不安缓了几分，可下一刻帐子外面便传来了众多脚步声。

帘布掀起，冷风立刻灌了进来。

"禀小可汗！这二人就是抓获的朝廷细作。此二人放着好好的官道不走，翻山而过径直朝着咱们草原而来，左边这个瞧着没什么，但右边这个一看就是个练家子，说不准就是来行刺大可汗和小可汗的！"

萧渊嗤笑一声："你们那老可汗都八十多了，还用得着行刺吗？"

草原一等勇士扎猛闻言一惊："你果真是细作！竟将我们草原的事了解得如此透彻！"

"不，不是的。"裴轻赶紧解释，"我们不是细作，只是向往草原美景，想来一睹草原风采罢了。"

"骗谁呢！我们草原今年遭了灾，牛羊都要饿死了，哪儿来的风采给你们目睹！我看就是来打探内情，想让我们草原对你们俯首称臣！"

裴轻总算明白"秀才遇到兵"是何感觉了。

"好了，扎猛。"此时，一道好听的声音响起。

裴轻很明显地感觉到一股压迫感逼近，她不由得往萧渊身旁缩了缩。

裴轻都感觉到了，萧渊自然也感觉到了，尽管双手被捆住，但他不差分毫地挡在了裴轻面前。

"这个瘦得浑身没二两肉的小子。"裴轻听见走近的男人说，"拎到我帐中去。"

"小可汗英明！这小子筋骨跟个娘们一样，定然经不起酷刑，两鞭子下去就得全招了！"

扎猛上前还未触到裴轻的衣袖，就骤然被人一脚揣在腹部，若非他人高马大身子沉，恐怕就要被这一脚掀翻在地了。他没想到这人被都被绑了还能踢人，登时勃然大怒："你这小子简直找死！"

"扎猛。"那道好听的声音再度响起。

扎猛顿了下，忽然明白过来。这人如此护着这个柔弱的小子，要么就是怕其泄露朝廷的秘密，要么……这瘦弱的小子是个什么至关重要的人物，若是后者……扎猛一喜，那他们可就有跟朝廷讨要钱粮的筹码了!

　　他大笑几声,自认为已经参透其中深意,一脸了然地抓起裴轻带了出去。

　　"你若敢伤她分毫,来日必有兵马屠了整个草原。"萧渊知道男人还没走,虽看不见,但他凭直觉看向帐中之人,"若不信,大可以试试。"

　　然后他听见了一声轻笑。

　　"你们中原人总是这样,自己都泥菩萨过河了,还想着旁人呢。你越护着那小子,本汗便越想撬开'他'的嘴,看看'他'能吐露出些什么惊人秘密。"

　　帘布掀开又合上,飘进了柴火和饭的气味。估摸着时间,天已经黑透了。

　　裴轻被扔进了一个比刚才暖和很多的帐篷,双手被捆到背后,被扔在地上时胳膊摔得生疼。她艰难地坐起来,此时有人来到了她的身后,一只手触到了她的头发。

　　裴轻一怔,正要开口却觉眼上一松,蒙眼的黑巾落在了地上。

　　她这才知道账内不仅温暖,还摆置讲究,宽大的榻上赫然是一张厚实上乘的虎皮。草原人生来便是骑射的高手,他们豪迈、血性,且爱恨分明。

对待自己人有多体恤爱护，对敌人便有多残暴凶狠。

下一刻，身后之人走到了她的面前。

裴轻看到了一双蟒纹战靴，抬起头来，一双戾如虎狼的眸子正盯着她。

眼前的男人剑眉入鬓，眸若寒星，鼻梁高挺轮廓分明。瞧着比她和萧渊都年长几岁。

若非发髻外袍皆是草原样式，只看这张脸，很难分辨出与中原人的差异。

见裴轻呆愣愣地望着自己，塔敖眸中闪过嫌弃与厌恶。朝廷真是没人了，竟派这等女里女气之人来当细作，眉眼弯弯，樱唇皓齿，不知道的还以为是个女的。就这副身板，草原上随随便便一个十岁的儿郎便能将一拳捶死"他"。

这是瞧不起库里部落？

"你叫什么名字？"他问。

此人有一股不容拒绝的凌人气势，迫使裴轻在听到这句话的当下便张了口，却没有发出声音。萧渊叮嘱过她，不可随意透露自己的底细。

塔敖对她的反应并不意外，既是细作，定然接受过严苛的操练，断不会就这样轻易地交代干净。

他转了转拇指上的黑玉扳指，落座于帐中主位之上，沉声道："扎猛。"

外面的人应声而入。

裴轻回头，看见他身后两人还搬进了一个装满水的水缸。

扎猛二话不说拎起裴轻的衣领，裴轻来不及惊呼就被摁到了冰冷的水中，口鼻在一瞬之间被寒冷的冰水灌入，致命的窒息感和恐惧感骤然袭来。

塔敖冷然地看着那道不住挣扎的身影，淹得差不多了，才缓缓抬了手，示意扎猛把人拎出来。

裴轻上半身已然湿透，她冷得直哆嗦，趴在地上不住地咳嗽，样子狼狈不堪。

"有没有什么想说的？你的身份，或者……他的身份。"

裴轻唇色冻得发乌，头发也散落下来，不住地滴水。她直视着塔敖，声音虽弱，语气却坚定："我们……不是细作。"

"那你倒是报上家门，说说你叫什么名字，那个一看就练过武的男子又是何人，你们从何而来，又为何而来？"

心口冷得发疼，裴轻有那么一瞬想说出自己的名字，她的身份无关紧要，可萧渊……直觉告诉她，即便是一个名字也不应透露给任何人。初见时他就身受重伤，若名字泄露出去，焉知不会引来曾经的仇人？

可此事亦不能乱编，只要他们二人说的有一丁点的不一样，任谁看了都会觉得他真的是细作。

"没想到这小子嘴还挺硬。不如直接搜身，若是搜出与朝廷相关之物，定然就是细作！"

裴轻原本打算死撑的面上，忽然变了神色。

而这一瞬，恰好落在了塔敖眼中，男人微微挑眉："那还等什么。"

如此惊慌失措，必然是身上藏着至关重要之物。

扎猛刚走近，裴轻便忽然回过头一口咬在了他的手上。扎猛大叫一声，拽住裴轻的衣裳欲一把将人拉起来，却未想手中这小个子挣扎得竟比方才溺水还猛烈，长发甩到了扎猛脸上，像一巴掌扇在脸上一样疼。

"你放开我！"

裴轻又是一口咬过去，扎猛赶紧松手，此时身后偏偏传来了手下人的憋笑声，扎猛没想到制伏一个小个子居然还挺费力，他面上挂不住，眸光似要吃人："我今日非把你扒光了吊在马屁股上绕着草原跑三圈！"

　　说着他便一把扯住了裴轻的衣袖用力一扯，"刺啦"一声响彻整个帐篷，白嫩的手臂就那样露了出来，晃得帐中人皆是一愣。

　　裴轻又惊又惧，却最先反应过来，她立刻将残布拢住包好手臂，趁着扎猛没反应过来意欲冲出大帐。

　　却未想还没跑到门口便被一股大力擒住，裴轻惊叫一声被扯了过去，撞上一堵坚硬的身体。

　　男人粗糙灼热的手掌正好握住了她裸露在外的手臂，细腻娇嫩的触感那般真切。塔敖的目光从这截光滑的手臂慢慢划向裴轻的脸，又慢慢下移，看过她的没有喉结的脖颈，最后落在胸前。

　　原本宽大的衣衫被水浸湿后紧紧地黏在了身上，勾勒出了本不该有的起伏。

　　"啧。"塔敖一瞬不移地盯着她，"是个女人？"

　　如此瘦弱的身形，比溺水还剧烈的挣扎就都有了解释。

　　尤其是那句"你敢伤她分毫"的警告。一男一女来当细作的，确是亘古未有。一般女人即便受得了千里奔波，也受不了草场的风沙和寒冷的雪季。

可若不是一般女人呢？

方才那样淹她，都不见她掉上一滴眼泪。中原女人不是最脆弱胆小的吗？比起草原女人可差远了。

塔敖并未用力，可裴轻的手臂已然印上斑斑指痕，若是以前遇到这般状况，她定然已经不知所措地掉了眼泪。但离家至今经历种种，她亦明白对于性情残暴狠厉之人，眼泪是最无用的东西。

她努力使自己镇静下来，一般想从他手中挣脱出来，一边又试图同他讲几分道理："我们真的不是细作，但实在不方便告知名字与住处。久闻草原人最是豪迈好客，不承想竟是容不得好人分说便擅用刑罚逼供。"

扎猛一听这话立刻瞪眼："你说什么呢！你这话岂非实在说我们大可汗和小可汗御下不严？还真是贼喊捉贼，你们朝廷三天两头派细作前来招惹我们，不就是想趁草原今年遭灾想一举吞并？你们野心勃勃，我们却也不是好惹的！"

裴轻不知这人是听不进去，还是根本听不懂，翻来覆去都是这几句，且不管怎么解释都非要将他们当作细作。她蹙眉望向塔敖，面色不善道："那你们究竟要如何？"

她这是在质问？

塔敖皱起眉头，还是在撒娇？

这女子怕不是什么简单的人物，他若有所思地盯着她。听说中原盛蛊，女子以蛊魅惑男人，或是探得隐秘消息，或是干脆取人性命，恰恰就是利用了温柔刀，刀刀致命，杀人于无形。

他像是碰了什么毒药一般放开了裴轻。

裴轻赶忙捂住自己的胳膊，警惕地看着塔敖。那模样有点凶，又有点可怜，塔敖别开视线："叫依娜来替她换身衣裳。"

说完他就大步走了出去。

扎猛愣在原地"啊"了一声，最后摸摸鼻子，瞪了裴轻一眼就带人走出了大帐。女人就是麻烦，女细作更麻烦，还要换衣裳，还敢质问小可汗，早晚收拾了她。

塔敖折回来得很及时，若再慢一步，萧渊就以不见踪影了。

帐篷里一声呜咽传入塔敖耳中，他随手抽出腰间的弯刀甩了进去，"嘭"的一声，刀身扎入木桩。没有闻见意料之中的血腥味，塔敖站定片刻，忽然闪身，方才的弯刀从里面飞了出来，几乎擦着他的鼻尖飞过。

"小可汗！"这时跟过来的扎猛大喝一声，"来人！保护小可汗！"

塔敖的神色并未因刚才惊险一刀而产生任何变化，他抬手夺回了弯刀，一刀割掉了帘布，账内账外，两个男人对峙僵持。

"既然要逃，抓你的时候怎么不出手？"塔敖走进去，"因为那个女人？"

萧渊随手将差点掐断脖子的草原勇士扔到一旁："你什么意思？"

"你们是什么关系。主仆？还是别的？"

有过无数女人的男人，无需说碰，只看一眼闻一闻便知女人干不干净。方才那女子明明就还是清白之身，这么美的女子待在身边却不碰，要么就是不行，要么就是不能碰。

然而萧渊的体魄气度根本不输草原上最猛的勇士，骨子里那股子桀骜劲儿是天生的，这样的人，不可能有任何缺陷。

那便是后者了。不能碰的缘由倒是有几个。要么是这女子身份特殊，要么就是两人是血亲嫡系。

可瞧着相貌却是毫不相似。明明身手不凡，却不愿让她涉险而甘愿被抓，解开了绳子也不脱身，想趁人不备偷偷带走她。

这是什么莫名其妙的关系？

片刻之间，萧渊也打量了塔敖。

草原小可汗，却并非草原人的长相，瞧着……竟然与中原人无异。不知为何，"和云郡主"这四字冒了出来。

当年为让草原各部落归顺朝廷，适龄公主全部下嫁和亲，轮到与最后一个部落议亲时，后宫已无适龄公主，于是便令亲王之女和云郡主下嫁和亲。

只是当年的和云郡主已有心上人，郡主和亲路上欲私奔，却被当场抓获……后来的故事便不得而知，归根到底这不是什么光彩的事。如果……萧渊看着塔敖那张脸，又回忆他身边人对朝廷和中原人的敌视，心中了然了几分。

"算是主仆。"萧渊挑眉。

"算是？"塔敖皱着眉头，"是就是，不是就不是，算是又是怎么回事？"

萧渊轻笑一声："你说呢。"

同为男子，塔敖清晰地察觉出那笑的不同寻常。算是……那便是有时候是主仆，有时候不是主仆？原本笃定的事，现下也变得不那么笃定了。

"你……碰过她？"

"啧，这有何好问的。"萧渊耸耸肩，"那种美人放在身边都忍得了的话，也不算男人了吧。"

这是自然。塔敖不得不承认裴轻的美貌。即便尚未得知她

是女儿身时，那双灵动的眸子也让他莫名心头一颤。而知道她
是女子后，竟然还有那么几分……轻松？

美得动人心魄，却又偏偏性子有那么几分刚烈，冰火两重
天全然展现在一个女子身上。叫人好奇又兴奋。

所以他迫不及待地过来，说是审问，不如说是试探。即便
真是个女细作，在他眼皮底下又能翻出多大的浪来？可若这是
她的情郎……

见塔敖眉头蹙起，萧渊似笑非笑地补充了句："算算日子，
也该有了。"

果不其然，塔敖拳头倏地攥紧。

而后又忽然松开。

"你知道在草原上如何争夺女人吗？"

他走近，直视着萧渊："活下来的那个，才有资格拥有。
若没猜错，你身上有伤吧。"

"即便有伤，也能赢你。草原的规矩是不许旁人出手，即
便是小可汗也不例外吧？"

此刻塔敖终于相信萧渊不是细作。他俘获过无数细作，的
确有不怕死的，任凭如何审问都紧咬牙关不吐露半个字。但纵
然再有一身铁骨，眸中却总有闪躲和试探，他们常年生活在不

见天日的地方，过着拘束、残酷的生活，他们信不过旁人，看谁都像敌人。

可眼前这人不同，纵然穿着粗布衣裳瞧着寒酸，眸中却无半分闪躲。这是经年高高在上，习惯将人踩在脚下之人才会有的神态。一个俯视惯了的人，是学不来仰视他人的。即便身陷险境，他还是瞧不上任何人。

既是如此，又怎么可能是常年匍匐于朝廷脚下的细作。

"我可以放你走。"塔敖说，"但她得留下。"

"你们草原现在抢女人不靠动手，靠动嘴了？"萧渊抱胸，"既然靠嘴，要不要打个赌？一句话的赌。"

裴轻显然不知萧渊已经在跟人谈条件了，她担心不已，偏眼前的这位女子还要一件件地给她穿上草原女子的衣裳。

"那个……依娜，你是叫依娜对吧？"

那女子点点头："是。"

裴轻本以为依娜是个哑巴，自进了帐子依娜便一声不吭地伺候她梳洗穿衣，可骤然听到字正腔圆的中原话，她有些吃惊。

"你是小可汗的婢女吗？"

依娜摇头，蹲下身帮裴轻穿鞋袜。

裴轻赶忙说："我自己来，多谢。"

“我是他的女人。”

“什么？”裴轻惊讶一瞬，看她的行为举止，完全不像……

“用你们中原人的话来说，就是妾。”依娜语气平静。

“那，你们小可汗可有正妻？用草原的话来说，便是……阏氏？”

依娜摇摇头：“尚未。”

说罢，她又补充道：“或许你会成为我们的阏氏，依娜会好好伺候小可汗和小阏氏的。”

“不不，我不是。”裴轻连忙否认，“他让你来是因为我们同是女子，沐浴更衣都更为妥帖，绝不是那个意思。”

“可你很美。”依娜望着裴轻的脸，草原女子的衣衫穿在她身上竟是如此好看，依娜眸中隐隐有些羡慕，“你比我见过的所有草原女子和中原女子都美，甚至……比大阏氏更美。”

大阏氏，应该就是小可汗的母亲了。可裴轻无心顾及她究竟有多美，只想从依娜口中打探到小可汗的脾气秉性，却未想尚未问出口，帐篷帘布掀开，塔敖已大步走了进来。

第十章 /
约定

进来看到裴轻的第一眼，塔敖怔了下。

看过无数次的草原衣裳穿在她身上竟如此不同，而那双有些惊惧的眸子那般看着他，叫人不得不生出怜悯爱惜之意。

依娜看见男人的视线紧紧地黏在裴轻身上，她失落地起身，准备不声不响地退到帐外。

因为能忍，因为安静乖巧，所以她是塔敖身边留得最久的女子，即便她不是那些女人中生得最美的。

但裴轻的到来，让她久违地紧张起来。在全是健壮男子的部落里出生长大，她太明白男人喜欢什么样的女人了。那些生得美却不好靠近，难以得到的女人，足以掀起整个部落的争夺。

"依娜。"裴轻见她要出去，赶忙唤了一声，"你别走。"

依娜有些吃惊。这意思，就是在当着面拒绝小可汗，拒绝草原上最英武不凡、最具生杀大权的男子。她抬头看了塔敖一眼，他果然已经沉了脸色。

"出去。"

"是。"依娜只得装作没听见裴轻的请求，低着头走了出去。如果塔敖要别的女人，那她能做的，就是仔细地为他铺好床榻，而不是拈酸吃醋地惹恼他。

除了萧渊，裴轻从未与男子这样独处一室过，她原本是坐在床榻边，但见男人阔步走来，她如针扎般立刻起身站到了一旁。

这副像见了鬼的样子，看得塔敖更生气了。草原上的女人就没有不爱慕他的，即便是乔装打扮去了中原，那些女人亦是红着脸悄悄打量他。

"我问你，你跟那个男子是什么关系？"

裴轻说："主仆，我是他的婢女。"

塔敖坐到了床榻边，冷道："你都伺候他什么？"

"饮食起居，有时也——"

话还没说完就被人打断："起居？就是也伺候他睡觉？"

裴轻脸一红，没作声。她帮萧渊盖过被子，也替他在睡前熄过蜡烛，这本都是婢女分内之事，可怎么从此人口中说出来，似乎就变了意味……

"以后怎么伺候他的，就怎么伺候我。"男人起身走到她面前，低头看着她，"我不嫌你跟过他。"

"不。我不要。"裴轻几乎是想都没想就脱口而出。

塔敖一把攥住她的下巴："你再说一遍？"

小巧的下巴被捏得很疼，疼得裴轻声音都有些颤抖，可她仍然拒绝："我只要他。"

"那我不妨告诉你，他想逃跑，被我的人给抓了。要怪只怪他命不好，遇上了手上没有轻重的。"

裴轻双眸倏地睁大："所以呢，他怎么样了？"

"他死了。"塔敖面无表情，"死前将你托付给了我，他说你无家可归，让我照看你。以后你就做我的人，若你一心一意，我可以让你为正，做我的阏氏。若——"

可话还没说完就见裴轻不可置信地往外跑："我不信，我要见他！活要见人死要见尸！"

塔敖一把拉住了她："他已经被烧了！留着尸身会有瘟疫！"

裴轻先是怔住，随后泪如雨下，塔敖还准备说什么，结果就被一巴掌扇得偏过头去。清晰的巴掌声响彻整个帐篷，裴轻浑身颤抖："我说了我们不是细作，你为何就是不信！他是好人，是救我护我于水火的好人！你凭什么杀了他，凭什么烧了他！"

她还要往外跑，奈何男人的力气太大，只一只手攥着她的手腕便叫她难以挣脱。

她跌坐在地上哭得可怜极了，塔敖也是头一回知道女人这么能哭，他耐着性子生等着裴轻哭到没有力气，说："事已至此，我既然答应了他，就不会食言。你一个女人，离开这里只有死路一条，有的只会比死更忍之事——"

"你把我也杀了吧。"

"什么？"

裴轻的声音沙哑又冰冷："除了他，我不要任何人，更不会留在这里。"

塔敖沉默地看着她，回想起那男人笃定的姿态。

"她虽生得柔弱，却不是任人拿捏的女子。就算我死了，她也不会接受你。不信尽管去试试。"

如此瘦弱的身躯，却能说出如此决绝不留情面的话，宁死不屈，还真是刚烈。若有一人能为他如此，倒还真是死得其所。

他什么也没说地离开了。再次进来的仍是依娜，她遵从小可汗之令，看着裴轻，不让裴轻做出傻事。

萧渊预料到塔敖会碰一鼻子灰回来，就是没想到会碰那么狠。看见塔敖脸上的巴掌印，他挑了挑眉，有点不相信是裴轻打的。

她还会打人？

他莫名地舔舔唇，有些好奇挨她的打是什么滋味。是疼？还是痒？

或是……不知为何，他有些嫉妒塔敖。

"你说的条件可还作数？"塔敖问。

萧渊从他脸上的巴掌印挪开视线，说："自然。我助你赢了朝廷兵马，你放我们离开。我们是不是细作，你心里清楚得很不是吗？"

塔敖皱眉："你为何提出要帮库里部落？"

萧渊一笑："因为你母亲。"

塔敖变了神色。

"当年若非那些公主和郡主下嫁草原，根本换不来朝廷十几年的休养生息。如今草原落难，朝廷想落井下石，不顾昔日的血脉情分，去杀公主和郡主的丈夫、儿子。我看不惯便帮了，这个理由如何？"

"你也是朝廷中人？"

虽是疑问，但塔敖心中已然有数。若非朝廷中人，便不可能知道当年还有郡主下嫁，更不可能从扎猛几句话，便料到朝廷兵马意欲偷袭草原，更不会知道朝廷多半会派曾在草原住过多年的骠骑将军挂帅作战。而这位骠骑将军好大喜功，只要对症下药，必能将之一举击败。

最重要的是，此人一眼看清了局势，提出了他无法拒绝的条件。这个条件关乎库里部落的生死存亡，即便想要那个女人，却也不得不放她离开。

"怎么，在你们草原人眼中，朝廷中人便一定是贪图享乐落井下石之人？"萧渊懒得扯这些，"你还未说她都说了什么，或者你都说了什么，居然让她对你动了手。她都还未打过我呢。"

塔敖居然听出一种诡异的嫉妒。

"她哭了。"

闻言，萧渊脸上的笑便敛了些。他大概想象得出她哭得样子，定是蹲在地上，瑟缩着让人心疼。

"哭完又开始撒泼，根本就是个疯女人。"

萧渊眸中一亮："撒泼？怎么撒泼，你倒是说啊。"

塔敖回想起裴轻刚才的样子，忽然不想说了。他难得看上一个女人，不嫌弃她有过旁的男人，许她正室之位，还容忍她的抗拒撒泼，可她呢，眼里心里都只有这个看上去不像什么好人的男子。

偏偏还口口声声说他是好人。

性子烈，这女人不要也罢。这么想着，塔敖心中又涌起愤懑："想知道你自己去问她！"

裴轻沉默地坐在榻边，平静下来后，总觉得哪里有些不对。他……他真的那么容易就死了吗？可他的确被绑住了双手。

但他之前受着伤流着血都还能翻墙打架……

这么想着，眼眶便又红了。

依娜在一旁看着她，虽不知她到底听说了什么，但同为女子，依娜知道她是在为一个男人伤心。

"依娜。"裴轻看向依娜，脸上还挂着泪珠，"我能出去看看吗？我不是要逃走，我只是……"

依娜为难地沉默着。

此时帘布忽然掀开，裴轻忙擦了眼泪，不愿在塔敖面前哭得那般无用。然而此时却听见一道戏谑的声音："美人儿落泪，本公子心疼得紧。"

　　裴轻一怔，抬眸看过去，那人俊逸容颜，含笑望着她。

　　什么也来不及想，什么也顾不得，眼泪滴落在地上，她跑过去扑到他的怀里。

　　萧渊着实没想到会有这意外之喜，娇软的身子抱在怀里，心底那股子邪意噌地冒了出来。

　　"我就知道你不会那么容易死的，我……我……"她呜呜咽咽，抱着他的腰不撒手。

　　被那双纤细的胳膊环着腰身，萧渊心猿意马得有点控制不住自己，他不自觉地抚上裴轻的后背："本公子出生时便有神卜夜观天象，说我是天命之子，不仅没那么容易死，还易招美人之心。"

　　裴轻一听便红了耳朵，她要松手，却被男人无赖地圈在怀里"方才可是你扑过来的，如今这又是躲什么呢？"

　　"我只是……"她声音小得快要听不见。

　　旁边传来一声轻笑，裴轻凑过头去看见依娜正捂嘴，也面上绯红，她就更羞得要挣扎开。

　　"抱够了没有，这是本汗的帐篷。"塔敖不耐烦地走了进来，"军备图备妥了。"

　　裴轻疑惑地望着萧渊，他抬手摸摸她的头，又看向一旁的依娜，说："劳烦这位美人，今晚照看好她。"

塔敖一听就皱了眉："她是我的女人，你敢使唤她？"

依娜还被"美人"两个字叫得回不过神，竟愣愣道："好。"

然后就看见塔敖转过身来，一副要秋后算账的表情。依娜怔了怔，赶紧低下头，不知为何，心头竟涌上丝丝甜意。

萧渊的意思是趁其不备，先下手为强。

此话一出，帐内众人皆迟疑地看向塔敖。但塔敖并未多言。

萧渊便继续道："朝廷屡次派细作潜入草原，如今却忽然没了动静，要么就是不再打草原的主意，要么则是已打定主意进攻草原，一举攻克。而你们派出去打探的人也说了，周边村落的人比以往少了许多，如此反常，想必是瞧出了什么端倪，在战起之前速速离开。"

"就算你说得有理，可朝廷既然想吞并草原，派来的人必不会少，我们人数上定然敌不过，这又该当如何？"

"朝廷派兵不会倾巢而出，定是先锋军在前，主力军在后。中间脚程相差多则五日，少则两日。草原遭灾在先，他们派细作打探在后，定会觉得是胸有成竹的一仗。我们要做的便是攻其不备，打散了他们的先锋营，如此，观望已久的其他部落自然就会出手了。"

萧渊看向塔敖："届时无需写信联合各部落，只要看出赢面，他们必然奋起攻之。"

说到联合其他部落，旁人不知，扎猛却知小可汗写了数封信出去，都没有回音。这才明白原来那帮老奸巨猾的人竟然是在观望，若能赢朝廷，他们就会出手，若不能赢……只怕他们便会第一个献降，说不准还会反咬库里部落一口，将之当成献给朝廷的降礼。

"那么，何时攻？"塔敖看向萧渊。

"今晚。"

"今晚？"扎猛一脸惊讶。

萧渊挑眉。

帐中之人也都明白过来，连他们这攻方都觉惊讶，骤然被袭的朝廷先锋军又该是何等的措手不及？数万兵马想要顺利道草原只能走官道，只要沿途反向设伏，必能予之重击。

"传令，今夜夜袭！"

裴轻和依娜在温暖的大帐中，听着外面从嘈杂变得安静。她知道萧渊要去做什么，听了依娜告知草原遭灾后饿死的牛羊，和拮据的日子，便知此战事关整个草原的生死。这本不关萧渊的事，但他会做此决定，裴轻却不意外。

纵然初见时他一袭黑衣，浑身是血，纵然他清楚很多江湖上肮脏的手段，裴轻却知，他不是下流败坏之人。他的身上总有股凛然之气，让她觉得安心。

远处传来了激烈的厮杀声，竟持续了整整一夜。这一夜，留在草原上的所有人都难以入眠。因为她们不知等不等得回自己的丈夫、儿子，孩童们能否等得回自己父亲。

天已经要亮了，裴轻水米不进，担心不已。她实在难以再在帐中待着，她想出去看看。

依娜自然明白裴轻的担心，她亦担心着那个桀骜不羁，却说战后要带她去库里台大会喝马奶酒的男人。

她们走出了大帐。

下一刻，成群的马蹄声越来越近。

"小可汗回来了！"不知是谁率先喊出这一句。

所有帐篷里的女人、老人和孩子都纷纷跑了出来，他们看见的正是一支打了胜仗欢呼着回来的草原勇士。

一夜的厮杀令所有人和马都沾了一身的血，可他们浑然不觉，恣意欢呼着。

裴轻看到了平安归来的萧渊，更仿佛看到了他本来的样子。

战甲银盔，长枪利箭。他单手驭马，威风凛凛地朝她飞奔而来。

那一刻，他张扬恣意得太过好看了。

男人下马阔步走来，一把揽住裴轻的腰将她拥入怀中："吓坏了吧，我回来了。"

隔着坚硬的盔甲，裴轻仍感受到他胸膛之下心脏的怦怦声。

两人的相拥引来草原儿郎们的大笑和口哨，裴轻羞红了脸，却又做了一件极其大胆的事。

她踮起脚，迅速在萧渊脸上亲了一口。男人一怔，她赶紧跑回了帐中。

从草原离开之时，裴轻还不肯看萧渊。

奈何萧渊一路上追问个不停，叫裴轻都有些后悔自己那时的冲动。

"你这般亲了之后就不理人的做派是同谁学的？我好歹也是正道人家养出来的儿子，本是清清白白的一位公子，现在被亲了，将来哪个女子还肯嫁我？"他懒洋洋地牵着马，还回头看了一眼马背上的人。

裴轻抿抿唇："你不说不就没人知道了。"

萧渊像听了什么大逆不道的话一样噌地回头："怎么没人

知道？你知我知，整个库里部落的人都知道！就连这马，那也是瞧得真真切切的。"

说到马，萧渊"啧"了一声："早知如此就不帮他们了，帮了这么大一个忙，就送了一匹马。"

裴轻轻笑："依娜说这可是草原上最好的战马了。今年他们遭了灾，死了不少马匹和牛羊，你若是觉得可惜，小可汗说要送我们一人一匹，为何又要拒绝呀？"

自然是为了与她同乘一匹了。

萧渊轻咳："那不就是为了让他折成银子吗？"

"那就更不必了。"裴轻拍拍马背上挂着的包袱，"依娜不仅给我们准备了干净的衣裳，还放了些吃食和碎银子呢。"

萧渊一听，笑了声："你们倒是相处得不错，差点都要共侍一夫了。"

"你胡说什么呀。"裴轻嗔道，"我从来都没答应过。"

"我知道。你除了我，谁也不要不是？"萧渊停下来，看着她，"接下来想去何处？"

裴轻怔怔地看着他："你……你会继续陪我吗？"

原本说的，是将她送至草原。所以从草原离开之时，裴轻心中有些忐忑。她说不清二人究竟是何关系，可她知道，自己不想他离开。

"怎么，难不成你占了本公子的便宜，转眼就想将我一脚踢开？"

"没有。"她低声，"只是……你总是要归家的。"

"即便如此，我也先陪你去想去的地方。"哪怕再远，哪怕再难。

"如果，你现在还不想回去的话，"裴轻试探道，"可以去我家，去养伤休整一段日子。"

她声音很小，可萧渊听得清清楚楚。

"我想去外祖父家，幼时母亲会带我到外祖父处住上一段日子，就离草原不远。"

"好。"他回答得毫不犹豫。

正要继续牵马，裴轻叫住了他："要不，你还是上来吧。"

起先萧渊想同乘，刚坐上来圈过她去勒缰绳，就感受到她浑身僵硬紧绷，连耳朵也红得不行。若是一路都这样绷着，那得多难受。

于是他就变成了牵马的马夫。两人走走停停，看着一路的风景，一路说笑着。

见他没有立刻答应，裴轻知道他的体贴，想了想说："要不，我也下来走走。"

萧渊一笑，把她抱下马。

可方落地，裴轻忽然被他大力扯到了身后，尚未明白是怎么回事，便听见一声闷响，萧渊重重地后退一步，裴轻低头看去，他捂着腹部，而那里插着一支羽箭。

下一刻又是"咻"的一箭狠狠地射在马儿身上。它嘶鸣着扬起前蹄，声音凄厉。

裴轻被眼前之景惊到，萧渊已然拽住她的手腕往林中跑去。密林丛生，十分难走，但身后的箭矢越来越多，裴轻便知道这不是什么打猎的误伤。

根本就是追杀。

但追杀的不可能是她，而是……她看向萧渊。

萧渊脸上依然没有了方才的笑，为草原打的那一仗狠狠地赢了朝廷，却也让其中有人认出了他。看来是风声泄露，才如此快的引来了南边那群暴虐之徒。

他紧紧地握着裴轻的手，心头抑制不住地有了畏惧之意。这是他从不曾有过的东西，要么生要么死，他无所谓。可她……

很快，腹部的疼痛开始麻木，连带着全身都开始无力。

连裴轻都察觉出他有些不对劲。

萧渊低头看了眼腹部的箭，冷笑一声："够毒的。"

马蹄声越来越近，大概是天要灭他，出了密林，二人竟被逼到了悬崖边上。

萧渊是在剧痛中醒来的，醒来时，身旁空无一人。

他猛然坐了起来，能回忆起的是当时刀枪箭矢逼近，他只能抱着她跳了崖。再后来的事……他分不清是梦境还是真的。

此时"吱呀"一声，有人推门进来。

"醒了。"来人是一位老者，胡子花白，一手持着木杖，另一手则端着一碗汤药。

"老伯。"这一开口，萧渊才发现自己声音哑得不行，"昨日与我同行的女子……可……可还在？"

他想问的，其实是裴轻是否还活着。

"昨日？昨日可无人在你身旁，你这一睡就是十日，这睡着了都还非要人家守着？"老者将汤药往他面前一递，"喏，总算能自己喝了，全都喝干净。"

萧渊接过去一饮而尽，烫得舌头生疼："她——"

"她连日来都在照顾你，昨日终于撑不住倒下了，今日你就醒了。"

听了这话萧渊总算放下心来，可听说裴轻是撑不住倒下的，他便立刻要起身："我……我想去看看她。"

老者看出这是个倔强的少年，倒也没阻拦，将他带到了隔壁的木屋中。

里面燃着安神香，榻上女子脸色还有些苍白，睡得很沉。

萧渊刚迈入一步，安静的房中便立刻传来吱呀声，他看了眼地上，又退了出来，这几步走过去，恐怕会将她吵醒。

他轻轻关上了门，转身对上老者，躬身行了一礼。

"萧渊多谢老伯救我二人性命，他日必定奉上——"

只是话还未说完，就见老者摆摆手："你不必谢我。我这里不过是有些草药，放着也是放着，拿来治病救人也不算可惜。要谢，你便谢她吧。"

萧渊看向屋里。

"你们从云崖摔落至竹灵溪里，竹灵溪到此处，寻常人要走上一两日。而她这样一个弱女子，居然背着你，走了整整三日，沿途问得了我的住处，深夜雪雨之时，跪在我的院门口求我救你一命。"

"而后她衣不解带守在你榻边喂你喝药，替你擦身。人生在世，能一同经历生死已然不易，无论是她对你有意还是你对她有意，患难之情，勿要相忘。性命是那些金银财帛难以衡量的，既然大难不死，当珍惜眼前人才是。"

　　裴轻睡了很长的一觉，醒来时四周安静，却又有香味飘来。

　　神医老伯终日食素，怎么……会有肉香？

　　她心里不解，可肚子已经叫了起来。

　　她掀开被子起身，打开了屋门，却没想会看到那个熟悉的背影。

　　她愣在原地，不知是不是自己看见了幻象。

　　萧渊敏锐地察觉到背后的异样，刚转过身来还没开口，就见裴轻朝着隔壁屋子跑去，见到了空空的床榻，她才相信外面正烤肉的人真是的萧渊。

　　"小轻儿。"房门口传来声音，裴轻望过去，他正笑着看着她。

　　此时的萧渊已梳洗穿戴得整整齐齐，俨然一位偏偏贵公子。

　　裴轻倏地红了眼眶，见他伸手，她却后退了一步。

　　"你——"她声音哽咽，"你以后不许再说那样的话。"

　　裴轻至今难以置信和忘怀，濒死之际，他做出了那样的交代。

　　"等我死了，你别葬我，下葬要花很多银子的。你……你就把我的尸身卖给捡尸人，像我这种年轻体壮的，能卖好几两银子！可以给你当盘缠。"

"然后，你拿着这个去南川，找……一个叫楚离的人，他是我的至交好友，从小一起长大。他会把我所有的银子都给你，你一定要收好，然后……叫他给你雇个各路山匪地痞都怕的镖局，送你回家，好不好？"

他大概体会不到，听到这些话的时候她心里是什么滋味。

"好，好，我的错。"萧渊走过去温柔地抱住她，轻轻地抚着她的后背，"别哭了好不好？哭得我伤口疼。"

"我哭我的，怎么会挨到你的伤唔——"话还没说完，他已经捧着她的脸吻了下来。

裴轻被这孟浪之举惊得眼泪还挂在脸蛋上，尚来不及反应，纠缠吮吸间她只觉双腿发软，有些站不住。而他攻势猛烈，扣着她的腰使她难以挣扎半分。

唇舌交缠间，萧渊有些控制不住，原本老老实实待在她腰上的手，开始四处游走。裴轻招架不住他的缠吻，只觉头发晕，还有些喘不上气。

忽然外面传来声音，是木杖杵在石阶上发出的响动。

神医老伯回来了。

裴轻吓得一口咬在了萧渊唇上，他吃痛地放开她，满脸的意犹未尽。裴轻羞得说不出话。

　　"裴轻，到了你外祖父家，我们便成亲。"他抚着她殷红的唇瓣，神色笃定。

尾 章 /
余生

寒宁宫中，传来一声奶香娇软的惊呼。

"那父皇是受了很重的伤吗？"裴轻将一盏温牛乳放到了桌前，对面正坐着一个粉雕玉琢的小女孩。

她手里正拿着一块软香的糕点，听到此处，是怎么也吃不下了。见裴轻点头，她一张小嘴立刻就瘪了，眼里泪汪汪的。

于是，萧渊处理完政事回来时，就看见了那副可怜兮兮的样子。

"父皇……"萧瑜一见萧渊回来，立刻蹬着两条小腿下地跑了过去，一把抱住了男人的腿，带着哭腔问，"你还疼不疼呀？"

萧渊一把将女儿抱起，朝着裴轻走去。裴轻笑着摇摇头，将来龙去脉说了一遍。

"那都是多久之前的事了，早就不疼了，瑜儿不必担心。"他温声哄着，把她放回到糕点面前。

"今日怎么晚了许多？"裴轻接过他换下的龙袍，一旁的织岚上前，将之拿到一旁整理。

"诸国进贡之事繁杂，下了朝又在演武场多操练了几把。"萧渊揽过她的腰，"你给女儿讲当年之事，为何还挑挑拣拣地说，你在那木屋里把我嘴都咬出血的事怎的不提？"

裴轻赶紧回头看了眼那小丫头，见她还在吃糕点，这才嗔怪地瞪了他一眼。

"听说你今日又训斥稷儿了，还是在演武场上当着众武官的面。"

萧渊点头："他策略政事长进都不小，但箭术比往日毫无长进，才端了半日弓手就发抖。我像他这么大的时候，百里之外箭无虚发，他还差得太远。"

"但稷儿也大了，又是太子，你这般当着大臣的面训斥他，是不是……"

"就因为他是太子，这点训斥都能受不了，如何担得下江山社稷？只顾着太子的面子，却没有太子的担当和手段，想坐稳皇位是不可能的事。"

正说着，就听见外面轻唤了一声"太子殿下"。

"皇兄来了！"萧瑜又跑了过去，像刚才扑到萧渊怀里一样扑到了萧稷安身旁，"皇兄今日晚了好多，我都饿了好久了。"

此时的萧稷安已满十岁，已脱了几年前圆嘟嘟的稚嫩，承了萧敬和裴绾的容貌，少年清润又矜贵。裴轻时常感慨，孩子大了有好也不好，以往稷儿总是软软地唤她母亲，时不时地在她怀中撒娇，还扬言要保护她。

可如今呢，小小年纪便清冷稳重，喜怒不形于色。

尽管挨了训斥，萧稷安进来时仍第一眼看向萧渊，唤了声"父皇"，而后又看向裴轻，语气柔和了些："母后。"

最后他看向了正巴巴望着他的萧瑜，面上终于有了笑意："饿了许久，也没见你少吃。"

说着，他从袖中拿出一只木盒。

木盒打开，就听见萧瑜又惊又喜："是夜明珠！"

自从不知从哪里知道了东海夜明珠世间一绝，萧瑜已经念叨了好多次，此物价值连城，成为孩童一时兴起的玩物未免太过奢靡，裴轻发了话，萧渊便是再宠女儿，也只得寻了些普通夜明珠供萧瑜玩乐。

萧瑜不哭不闹，转头就去找了萧稷安，几句"皇兄最好"

的撒娇，便换来了他的承诺。或许是从小就被立为太子，萧稷安不轻易许诺，但一旦许了，就一定会做到。

"皇兄待瑜儿最好了。"萧瑜捧着那颗夜明珠，牵着萧稷安的手往内殿走，"织岚姑姑做的软糕可好吃了，瑜儿给皇兄留了好几块呢。"

"陛下，娘娘，太子殿下，公主殿下，请用晚膳。"织岚轻声道。

掌灯时分，膳食的香气溢满整个内殿，四人围坐在一起，如寻常百姓家般用起了晚膳。

虽瞧着是寻常人家一般的晚膳，但实则还是有些不同的。

"今日朝中奏对，听明白了多少？"萧渊饮了一口酒，看向萧稷安。

后者放下筷子，正色道："边关马市通商，于两国是好事。但交界之地鱼龙混杂，若无人严守明察，定然会出现中饱私囊，甚至通敌叛国之乱。"

萧渊挑眉："依你之见，朝中派何人去合适？"

"新晋镇国将军齐宴衡。"萧稷安毫不犹豫。

"齐宴衡此人过于刚正不懂转圜，边关马市一事上要接触的人很多，派这样一个直筒子去，难保不会将小矛盾闹大，平白生出战乱祸端，遭殃的就是边关百姓。"

"所以，"萧稷安继续说，"应以齐将军为主，再调中枢令贺大人门下那个叫郭安的门生为辅。郭安是贺大人一手栽培，为人稳重温和，学识渊博通晓各国律例和商贾门道，齐将军虽然刚直但并非不明事理，这两人共治边关，既可通马市富国库，又能相互制衡，不至专制管辖之权，成为日后的麻烦。"

萧渊面上虽未有什么变化，但裴轻看他的眼神便能明白其中的赞赏与欣慰。

果不其然，萧渊夸了句："这几句听着的确是长大了。"

后面又接了句："该选个太子妃了。"

裴轻刚饮下一口温酒，险些就被呛着，再看萧稷安，本来还一脸正经地在谈论朝堂之事，这忽然就扯到选妃上，他不自在地重新拿起筷子，又顺带着看了裴轻一眼。

这种时候，求助母后才是最有用的。

裴轻立刻开口："怎么扯这个，稷儿才多大。"

"这跟多大有何关系，一辈子那么短，就该与心上人早些相识才是。我还嫌咱们相识太晚，前边十几年都可惜了。"

这扯着扯着又扯到自己身上，裴轻面色微红："那也不能一概而论。"

萧渊不明白这有什么可脸红的，裴轻脸红也就算了，萧稷安堂堂男儿有什么可脸红的？

"你可有心上人？喜欢哪家的姑娘？"萧渊眦着他，直白地问。

躲来躲去没躲过，萧稷安宁可萧渊拷问文学武学之事，也不想扯这些事，怪难为情的。

"没有。"他回道。

"怎么没有呀？"此时萧瑜眨巴着一双大眼睛，"皇兄最喜欢我了！"

"你不算。"萧渊捏捏萧瑜的脸蛋，逗她，"那你最喜欢谁？"

萧稷安也看着萧瑜。

只见萧瑜起身，欢快地扑到萧渊怀里："当然最喜欢父皇了！"她坐在萧渊的大腿上，晃悠着两条小腿，"我今晚想跟父皇和母后一起睡。"

"那不行。"萧渊半点不含糊道，"除了这事，别的都能答应你。"说着还暧昧地看了一眼裴轻。

裴轻真是拿他没办法，说："瑜儿不是想听织岚姑姑讲她幼时的故事吗？今晚织岚姑姑陪瑜儿回永宁宫如何？"

午后听了母后和父皇的故事，晚上又能听织岚姑姑的故事，萧瑜立刻点头，脆生生地应了声"好"。

用完晚膳后，萧瑜乖巧地跟着织岚回了永宁宫。裴轻则特意送萧稷安到了寒宁宫外："稷儿，父皇对你严苛，时常训斥，你可怪他？"

对于自己的身世，萧稷安已经知道得非常清楚，身边还能有血亲姨母，他已然心怀感念。至于训斥，他深知其中缘由。

若说亲生父皇是仁和的君主，那如今的父皇便是强势的帝王。若没有他雷霆之势震慑列国，当不会有如今的太平盛世。

他要做的，就是将来也成为这样的帝王。

"母后放心，那些训斥我都记着呢，待我强于父皇之时，他再训斥，我就不听他的了。"

裴轻果然被逗笑。

结果身后传来一声不屑的冷哼："喊，野心不小。那还早着呢。"

萧渊走过来揽住裴轻的腰，语气凉凉地对萧稷安道："睡前再端一个时辰的弓，端不满时辰不许睡觉。"

萧稷安显然已经习以为常："是。请父皇母后安歇，儿臣告退。"

他行了礼，一步步消失在夜色之中。

"走吧。"萧渊拥着裴轻往回走，趁其不备在她脸上偷了个香，"听儿子的话，安歇去。"

萧渊沐浴完出来，就见裴轻只着白色里衣，散着长发，站在窗边安静地看着夜幕。

"在想什么？"一双结实灼热的手臂圈了上来，颈间气息喷洒，"想以前的事？"

裴轻感叹，她什么也没说，他却一眼便知道。方才听到他说可惜他们相识太晚时候，那一刹那涌上的酸涩竟久久消散不去。

那时候他说："裴轻，到了你外祖父家，我们便成亲。"

可最终事与愿违。

"说起来，以前有些事，可能你不知道。譬如我迟迟没同你成亲，是因为在那半年中我提了三次亲都被你外祖父拒绝了。"

"嗯？"裴轻惊讶，居然还有这种事。

后来萧渊没有再提成亲的事，裴轻以为是他后悔了，却没想到其中竟还有其他缘由。

"他不允亲，我便不好强行忤逆。除了我身无分文孤身一人之外，我猜想，是不是他老人家将我当成了登徒子，以为我们早已有了夫妻之实，这才怒而不允。于是第三次提亲时，我还特意同他言明了此事。"

"什么？"裴轻转过身来，"你怎么能同祖父说这些！"

她这么想着都觉得羞臊得不行。

"那我能怎么办，能想的缘由我都想过了。再说外祖父他老人家也是男子，有何说不得的。但其实并非因为这个，这也是为何后来我不得不暂时离开你一段日子。"

萧渊将她揽入怀中，裴轻静静地听他说着。

"他告诉我，你是官宦人家的女儿，即便父亲官位不高，但起码衣食无忧。你将来匹配的人家，即便不是高门显贵，横竖也是体体面面的人户。你的孩子更会是体体面面的公子、小姐。而你嫁给那时的我，就从官宦小姐变成一介平民农妇，我们的孩子也会一辈子比不上那些出身高贵的世家大族之子。"

——"我看得出你出身不凡，亦有一身本领。你甘愿窝在这乡野田间是你的打算，但裴轻自幼丧母，在那个姨娘手下定然没少受委屈，原指着她像她姐姐一般，嫁人后会有一番新的光景，此生不再吃苦受累。你若身有功名，她便是良家夫人，你若一介莽夫，她便是莽夫之妇。个中差别，我想你应当看得明白。"

萧渊学着当年那番原话，笑说："所以，是他老人家一言点醒了我。我只想与你厮守，想抛弃那些让我厌烦的一切，只过些平淡日子。我自幼见识了皇族的尔虞我诈，父亲忽然暴毙，我不得不承袭南川王位，自那一日起，便是源源不断的争斗甚至是手足残杀，我厌弃那一切，便愤然离开。

"但我不该如此自私，明明可以同你过更好的日子，明明可以给我们将来的孩子高贵的地位，却只因厌弃争斗便隐瞒一切。所以那时，我决意回去，待我摆平了一切战乱，以南川王之身，奉上整个南境富贵荣华，光明正大风风光光地迎娶你。虽未同你言明，但你答应等我，答应做我的将军夫人时，裴轻，你不知我有多高兴。"

怀中传来低低的抽泣声，萧渊笑了笑，轻轻拍着她的后背。

"只是我们都没想到，我那一走便是两年。要彻底铲平统治南境远比我想象中的要难，前有蛮夷之敌，后有宗族算计，我不能有片刻的分心。更不能透露心中有牵挂之人，我怕他们会顺着那些蛛丝马迹加害于你。

"两年后回去时，只看见了外祖父的坟冢，和那张诀别的字条，我不愿相信，便立刻去找了你。知道你……决意入宫，知道你是真的不要我了，我才知道……所做的一切是真的没有用了。"

"对不起。"裴轻抬起头，漂亮的脸蛋上满是泪水，"我本来一直都在等你，后来……外祖父病了，须得去大医馆请郎中，我那时才知道宫中的姐姐去世了。当时姐夫伤心太过，并未大肆告知天下，只安葬了姐姐之后便一直空着后位。我这才明白为何我写的信都有去无回，因为那些信根本都没能到姐姐手中。

"外祖父没能等到我带回郎中，我安葬了他，回了裴家。我要亲眼看到姐姐的灵位，才能相信她是真的不在了。当年陪姐姐入宫的嬷嬷回了裴府，她告诉我，姐姐还是知道了我离家的消息，每日担心不已却又寻不得我的下落，后来她生产时难产，临终前还喃喃地叫着我的名字。"

裴轻说到这里泣不成声："若……若不是我，姐姐或许就不会神思郁结对不对？她一定想好好陪着稷儿长大，一定想好好陪着姐夫……

"父亲说姐夫朝政繁忙，后宫又有嫔妃争宠，一旦妃子有孕，稷儿就会成为众矢之的。所以我答应入宫，替姐姐好好抚养稷儿。或许……或许还能有更好的办法，只是我没想到罢了……对不起，我不该对你说那些话的。"

　　她至今仍记得萧渊那不可置信又受伤的眼神，这些年来她都不敢再回想那日两人的诀别。

　　萧渊听着裴轻的哭诉，沉默久久，才道："不怪你，真的不怪你。"

　　可她还是哭个不停，萧渊干脆一把将人抱起，往床榻走去。

　　"你干什么呀？"她惊讶一瞬，还带着哭腔。

　　"我还是更喜欢你在榻上哭，在别的地方哭，实在心疼得紧。"他放下她，戏谑地瞧着她，兀自解了衣裳。

　　赤裸的胸膛露出，裴轻擦着眼泪别过头去："你总这样不正经。"

　　"如何就不正经了？"

　　他圈上她的身子："觉得我们相识太晚的话是真，觉得前面十几年可惜了也是真，但我从未后悔回南川做了南川王，起码后来这事能传入你的耳中，让你在危难之际写下那封求救信。我终归还是风风光光地娶了你，不过是其中有些耽搁罢了。往后日子这么长，难道还怕补不回来？"

　　听他这么说，裴轻心里好受了许多，她主动环上男人的脖颈，声音柔和："往后几十年，定然是能补回来的。"

　　又娇又软的样子，看得萧渊喉头吞咽，凑上去重重地亲了她一口："那就从这事开始补。"

"嗯？啊……"裴轻还未反应过来，便被他压到了身下。

衣衫剥落，赤裸交缠。

情至深处时，裴轻满面潮红，双眼迷离："萧渊……你，你恨过我吗？"

听见这话，萧渊对上那双好看的眸子。

他覆下来吻在她唇边、耳际。

"没有，裴轻，从来都没有。"

－全文完－